PAULO COELHO

ŞEYTAN VE GENÇ KADIN

Can Çağdaş

Şeytan ve Genç Kadın, Paulo Coelho
Çeviri: İlknur Özdemir
O Demônio e a Srta. Prym

www.paulocoelhoblog.com

1. basım: 2001
40. basım: Temmuz 2020, İstanbul
Bu kitabın 40. baskısı 5 000 adet yapılmıştır.

Dizi editörü: Cem Alpan
Düzelti: Burçak Başpınar
Mizanpaj: Bahar Kuru Yerek

Kapak tasarımı: Utku Lomlu / Lom Creative (www.lom.com.tr)

Baskı ve cilt: Özkaracan Matbaacılık ve Ciltçilik San. ve Tic. Ltd. Şti.
Evren Mah. Gülbahar Cad. No: 62 Bağcılar / İstanbul
Sertifika No: 45469

ISBN 978-975-07-3693-3

CAN SANAT YAYINLARI
YAPIM VE DAĞITIM TİCARET VE SANAYİ A.Ş.
Hayriye Caddesi No: 2, 34430 Galatasaray, İstanbul
Telefon: (0212) 252 56 75 / 252 59 88 / 252 59 89 Faks: (0212) 252 72 33
canyayinlari.com
yayinevi@canyayinlari.com
Sertifika No: 43514

PAULO COELHO

ŞEYTAN VE GENÇ KADIN

ROMAN

Çeviri

İlknur Özdemir

can

Paulo Coelho'nun Can Yayınları'ndaki diğer kitapları:

Simyacı, 1996
Piedra Irmağı'nın Kıyısında Oturdum Ağladım, 1997
Beşinci Dağ, 1998
Veronika Ölmek İstiyor, 2000
Işığın Savaşçısının Elkitabı, 2003
On Bir Dakika, 2004
Zahir, 2005
Hac, 2006
Portobello Cadısı, 2007
Kazanan Yalnızdır, 2009
Brida, 2010
Elif, 2011
Akra'da Bulunan Elyazması, 2012
Aldatmak, 2014
Casus, 2016
Hippi, 2018

PAULO COELHO, 1947'de Brezilya'nın Rio de Janeiro kentinde doğdu. Kendini tümüyle edebiyata vermeden önce tiyatro yönetmenliği, oyunculuk, şarkı sözü yazarlığı ve gazetecilik yaptı. 1986'da yayımlanan *Hac* adlı ilk romanının ardından gelen *Simyacı*'yla dünya çapında üne erişti. *Simyacı*, XX. yüzyılın en önemli yayıncılık olaylarından biri oldu, 56 dile çevrildi ve 65 milyon sattı. Coelho, *Brida* (1990) *Piedra Irmağı'nın Kıyısında Oturdum Ağladım* (1994), *Beşinci Dağ* (1996), *Işığın Savaşçısının Elkitabı* (1997), *Veronika Ölmek İstiyor* (1998), *Şeytan ve Genç Kadın* (2000), *On Bir Dakika* (2003), *Zahir* (2005), *Portobello Cadısı* (2006), *Kazanan Yalnızdır* (2008), *Elif* (2011), *Akra'da Bulunan Elyazması* (2012), *Aldatmak* (2014), *Casus* (2016) ve *Hippi* (2018) gibi yapıtlarıyla sürekli olarak çoksatar listelerinde yer aldı. 81 dilde yayımlanan kitaplarının toplam satışı 225 milyonu geçti. Bugüne kadar pek çok ödül ve nişana değer görülen Coelho, Birleşmiş Milletler Barış Elçisi ve Brezilya Edebiyat Akademisi üyesidir.

İLKNUR ÖZDEMİR, İstanbul'da doğdu. İstanbul Alman Lisesi ve Boğaziçi Üniversitesi'nden mezun oldu. Almanca ve İngilizceden çok sayıda çeviri yaptı. Çevirilerinden bazıları; Paul Auster: *Yalnızlığın Keşfi, Yanılsamalar Kitabı, Kehanet Gecesi, New York Üçlemesi*; Bruno Schulz: *Tarçın Dükkânları*, J.M. Coetzee: *Utanç, Petersburg'lu Usta*; Heinrich Böll: *İrlanda Güncesi*; Michael Cunningham: *Saatler*; Arundhati Roy: *Küçük Şeylerin Tanrısı*; Günter Grass: *Yengeç Yürüyüşü, Soğanı Soyarken*; Stefan Zweig: *Amok Koşucusu, Günlükler, Yakan Sır, Korku,*

Mecburiyet; Ian McEwan: *Cumartesi, Sahilde, Benim Gibi Makineler*; Ingeborg Bachmann-Paul Celan: *Kalp Zamanı*; Max Frisch: *Stiller, Montauk*; John Banville: *Mrs. Osmond*; Hermann Hesse: *Klingsor'un Son Yazı*; Virginia Woolf: *Mrs. Dalloway, Kendine Ait Bir Oda, Dalgalar, Orlando, Deniz Feneri, Perde Arası*; Pascal Mercier: *Lizbon'a Gece Treni*; Franz Kafka: *Şato, Ceza Sömürgesi, Dava, Milena'ya Mektuplar, Dönüşüm*; Michael Ondaatje: *Savaş Işığı*; Toni Morrison: *Katran Bebek*; John Updike: *Bech Döndü*; Hanif Kureishi: *Gün Boyu Gece Yarısı*. Ayrıca *Senin Öykün Hangisi* adlı bir öykü kitabıyla *Nereden Çıktı Bu Çocuk* isimli bir çocuk romanı vardır.

İleri gelenlerden biri İsa'ya,
"İyi öğretmenim, sonsuz yaşama kavuşmak
için ne yapmalıyım?" diye sordu.
İsa, "Bana neden iyi diyorsun?" dedi.
"İyi olan yalnız biri var, O da Tanrı'dır."

"Luka", 18:18-19

Yazarın notu

İyi ile Kötü'nün birbirinden ayrılmasıyla ilgili ilk söylence, eski Perslerde ortaya çıkmıştır: Zaman Tanrısı, evreni yarattıktan sonra çevresindeki güzelliğin farkına varır; ancak çok önemli bir şeyin eksik olduğunu hisseder: Bütün bu güzelliklerin tadını birlikte çıkarabileceği biri yoktur.

Tam bin yıl, bir oğlu olsun, diye dua eder. Dualarını kime yönelttiği, söylencede açıkça belirtilmemiştir; aslında kendisi her şeyin hâkimi, en güçlü ve tek efendisidir. Yine de dua eder ve sonunda gebe kalır.

Zaman Tanrısı dualarının kabul olduğunu anlar anlamaz bir oğul dilemiş olmaktan pişmanlık duyar; çünkü dengelerin ne kadar kolay bozulabileceğinin farkına varmıştır. Ama artık çok geçtir, oğlu doğmak üzeredir. Yalvarıp yakarsa da ancak karnında taşıdığı erkek çocuğun ikiye bölünmesini sağlayabilir.

Söylenceye göre, Tanrı'nın dualarına karşılık olarak İyi (Hürmüz), pişmanlığına karşılık olarak da Kötü (Ahriman) doğar.

Kaygılar içindeki Zaman Tanrısı, rahminden ilk çıkanın Hürmüz olması için çabalar; amacı, Hürmüz'ün kardeşine göz kulak olması ve Ahriman'ın evrende hiçbir şeye zarar vermemesidir. Yine de Ahriman, kurnaz ve becerikli olduğu için doğum sırasında Hürmüz'ü bir yana itmeyi ve yıldızların ışığını ilk gören bebek olmayı başarır.

Ne yapacağını bilemeyen Zaman Tanrısı, Hürmüz'e yardımcı olmaya karar verir. Hürmüz ile birlik olup savaşarak

Ahriman'ı alt edecek ve onun dünyaya hâkim olmasını engelleyecek insan ırkını yaratır.

Pers söylencesinde, insan ırkı İyi'nin müttefiki olarak doğar ve geleneklere uygun olarak sonunda Kötü'yü yener. İyi ile Kötü'nün bölünmesini anlatan ve yüzlerce yıl sonra ortaya çıkan bir başka söylencedeyse tam tersi öne sürülmektedir: İnsan, Kötü'nün elinde oyuncaktır.

Okurlarımın çoğu ne demek istediğimi anlamışlardır: Bir erkek ile bir kadın cennet bahçelerinde yaşarlar, akla hayale gelebilecek bütün zevkleri tadarlar. Bir tek şey yasaklanmıştır onlara: Erkek ve kadın, neyin İyi, neyin Kötü olduğunu bilmemelidir.

> RAB Tanrı Aden bahçesine bakması, onu işlemesi için Âdem'i oraya koydu. Ona, "Bahçede istediğin ağacı meyvesini yiyebilirsin," diye buyurdu, "Ama iyiyle kötüyü bilme ağacından yeme.[1]

Günün birinde yılan çıkar ortaya ve onları bu bilginin cennetten daha önemli olduğuna inandırır, o bilgiyi mutlaka elde etmelidirler. Kadın karşı çıkar buna, bunu yaparsam Rab Tanrı bana öleceğimi söyledi, der; ama yılan, başına böyle bir şey gelmeyeceğinden emin olmasını ister, hatta tam tersi olacaktır: İyi ile Kötü'yü ayırt edebildikleri gün, Tanrı gibi olacaklardır. İkna olan Havva, yasak meyveden ısırır, bir parça da Âdem'e verir. O dakikadan sonra cennetteki denge bozulur, Âdem ile Havva cennetten kovulurlar ve lanetlenirler. Ama Tanrı, gizemli bir cümle söyler ki bu söylediğiyle yılana hak vermiş olmaktadır:

> Âdem iyiyle kötüyü bilmekle bizden biri gibi oldu.[2]

1. Eski Ahit, "Yaratılış", 2:15-17. (Ç.N.)
2. Eski Ahit, "Yaratılış", 3:22. (Ç.N.)

Bu olayda da (mutlak hâkim olmasına karşın dua ederken birinden bir şey dileyen Zaman Tanrısı'nın hikâyesinde olduğu gibi) Tanrı'nın kiminle konuştuğuna İncil açıklık getirmiyor –eğer biricikse– neden "bizden biri" dediğine de.

Ne olursa olsun, insan ırkı, ta başından beri, bu iki zıt kutup arasında gidip gelmeye mahkûm edilmiştir. Biz de bugün atalarımızın yaşadığı kuşkuları yaşıyoruz. Bu kitabın amacı, dünyanın dört bir yanında anlatılan söylenceleri de yer yer olayların arasına katarak bu konuyu işlemektir.

Şeytan ve Genç Kadın ile birlikte "Ve Yedinci Gün..." başlıklı üçlemem tamamlanmış oluyor. Üçlemenin ilk iki kitabı, *Piedra Irmağı'nın Kıyısında Oturdum Ağladım* ile *Veronika Ölmek İstiyor*'dur. Bu kitapların üçünde de aşkla, ölümle ve iktidarla ansızın karşı karşıya kalan sıradan insanların bir hafta içinde yaşadıkları anlatılır. İnsanda olsun, toplumda olsun köklü değişikliklerin çok kısa zaman dilimlerinde gerçekleştiğine inanırım. En beklemediğimiz anda hayat, cesaretimizi ve değişim arzumuzu sınayacak biçimde meydan okur bize. Demek ki ortada hiçbir şey yokmuş gibi davranmanın yararı yoktur ya da hazır olmadığımızı söyleyerek mazeret aramanın.

Hayat, bize meydan okurken beklemez. Hayat, geriye bakmaz. Bir hafta, alınyazımızı kabul edip etmemeye karar vermemize bol bol yetecek bir zamandır.

Buenos Aires, Ağustos 2000

1

Yaşlı Berta neredeyse on beş yıldan beri her gün kapısının önünde otururdu. Bescos'lular pek de tuhaf bulmazlardı bunu, çünkü yaşlılar, geçmişin ve gençliklerinin hayalini kurar, artık kendilerine ait olmayan bir dünyaya dalgın dalgın bakar, komşularıyla sohbet etmek için fırsat ararlar.

Ancak Berta'nın orada oturmak için geçerli bir nedeni vardı. Yabancı bir adamın dik yokuşu tırmanıp ağır adımlarla köyün tek oteline yöneldiğini gördüğü sabah bekleyişi son buldu. Yabancı'nın dış görünüşü, Berta'nın sık sık kafasında canlandırdığına hiç uymuyordu. Üstü başı eski püskü, saçları gereğinden uzundu, bir karış da sakalı vardı.

Ama yanında birini getirmişti: şeytanı.

"Kocam haklıymış," diye düşündü Berta. "Burada oturmasaydım, kimsenin bundan haberi olmayacaktı."

Berta, insanların yaşını pek kestiremezdi, adamın kırk ya da elli yaşlarında olduğunu tahmin etti. "Genç biri," diye düşündü, tıpkı gençlere yaş biçen yaşlılar gibi. Sonra da adamın köyde ne kadar kalacağını merak etti. Görünüşe bakılırsa pek uzun kalmayacaktı çünkü yanında küçük bir sırt çantasından başka bir şey yoktu. Büyük olasılıkla köyde bir gece geçirecek, sonra da, Berta'nın bilmediği ve hiç de ilgisini çekmeyen bir hedefe doğru yoluna devam edecekti.

Bununla birlikte, evinin önünde oturarak ve onun gelişini bekleyerek geçirdiği bunca yıl boşa geçmiş sayılmazdı; çünkü bu sayede dağların güzelliğinin tadını çıkarmayı öğrenmişti. Bescos'ta doğduğu ve manzaraya alıştığı için daha önce pek de farkına varamamıştı bu güzelliğin.

Berta'nın tahmin etmiş olduğu gibi otele girdi adam. Berta, bu istenmeyen ziyaretçi konusunda rahiple konuşsam mı acaba, diye geçirdi içinden; ama sonra vazgeçti, nasıl olsa rahip kendisini dinlemeyecek ve kocakarı masalı anlatıyorsun, diyecekti.

"Pekâlâ, görelim bakalım neler olacak," demekten başka çaresi kalmamıştı Berta'nın. Fırtınalar, kasırgalar ve çığlar iki yüzyıllık ağaçları nasıl birkaç saat içinde yerlerinden söküp götürürlerse bir şeytan da göz açıp kapayıncaya kadar her şeyi mahvedebilir. Kötülüğün, kendine Bescos'u seçtiğini bilmenin hiçbir şeyi değiştiremeyeceğini ansızın anlayıverdi Berta. Şeytanlar gelirler ve giderlerdi ama onların gelmesi mutlaka bir şeyleri bozmazdı. Dünya üzerinde dolaşıp dururlardı, kimi zaman neler oluyor, diye bir göz atmaya gelirlerdi, kimi zaman da şu ya da bu kişiyi sınamak için. Ancak pek kararlı olmazlardı, durup dururken hedeflerini değiştiriverir, bunu çoğu kez de kavgadan zevk aldıkları için yaparlardı. Doğrusu, yaptıklarına da değerdi. Berta, Bescos'ta heyecan uyandırıcı, ilgi çekici hiçbir şey olmadığını düşünüyordu: Bir yabancıyı orada bir günden fazla tutacak hiçbir şey yoktu, nerede kalmış cehennemin elçisi gibi önemli ve işi başından aşkın birini.

Berta dikkatini başka bir şeye çevirmeye çalıştı ama

Yabancı'nın görüntüsü gözlerinin önünden gitmiyordu. Az öncesine kadar güneşli olan hava, bulutlanmaya başlamıştı.

"Bu mevsim için çok normal," diye düşündü Berta. "Yabancı'nın gelişiyle ilgisi yok bunun, yalnızca rastlantı."

Tam o sırada uzaktan bir gök gürültüsü duyuldu; peşinden de üç tane daha... Gök gürültüsü, arkadan gelecek fırtınanın habercisiydi, ama köydeki söylencelere bakılırsa öfkeli bir tanrının sesi de olabilirdi: artık kendisini hiç umursamayan insanlardan yakınan bir tanrının.

"Belki de bir şeyler yapmam gerekiyordur," diye düşündü Berta. "Ne de olsa beklediğim şey oldu."

Birkaç dakika, çevresinde olanları izledi. Bulutlar köyün üzerinde alçalmıştı; ama artık gürültü duyulmuyordu. İnançlı bir Katolikti Berta, söylentilere ve kör inançlara aldırmazdı, hele hele Bescos'takilere hiç; bu tür şeylerin kökü ta eskilere, köyün Keltlere ait olduğu günlere dayanıyordu.

"Gök gürlemesi yalnızca bir doğa olayı. Tanrı insanlarla konuşmak isteseydi, böyle dolaylı yolları seçmezdi."

Berta'nın aklı hâlâ bu konudaydı ki, yanı başında patlayan bir gök gürültüsüyle yerinden sıçradı. Ayağa kalkıp iskemlesini aldı, yağmur başlamadan eve girdi. Ancak ansızın yüreğine nedenini çözemediği bir korku doldu.

"Ne yapmalıyım?"

Bu Yabancı buralarda oyalanmadan çekip gitse, diye düşündü Berta; köyüne, kendine ve Yüce Tanrı'ya yardım edemeyecek kadar yaşlı olduğunu hissediyordu. Tanrı'nın yardıma ihtiyacı olsaydı mutlaka daha genç birini bulurdu. Hem bütün bunlar kuruntudan başka bir şey değildi. İşi gücü yoktu da ondan böyle düşünüyordu, kocası yanında olsaydı, zaman geçirmesine yardımcı olacak şeyler bulmaya çalışırdı.

Öte yandan, şeytanı görmüştü Berta, bundan kuşku duymuyordu.

Etiyle kemiğiyle görmüştü: Gezgin kılığındaydı.

2

Otel, aynı zamanda köy ürünlerinin satışa sunulduğu bir dükkân, yerel yemekler hazırlanan bir lokanta ve Bescos'luların konusu hiç değişmeyen sohbetlere –ya havadan söz ederlerdi ya da gençlerin köye karşı ilgisiz oluşlarından– koyuldukları bir bar olarak da hizmet veriyordu. "Dokuz ay kış, üç ay cehennem," diye sızlanırlardı durmadan; her şeyi yalnızca doksan gün içinde yapmak zorunda kaldıklarını söylemekti amaçları; doksan gün içinde tarlaları sürer, gübreler eker sonra bekler, ekin biçer, samanları kaldırır, koyunları kırkarlardı.

Bescos'ta kalmış olanlar, çoktan batmış olan bir dünyaya inatla tutunduklarını biliyorlardı elbette. Yüzlerce yıldır bu dağlarda yaşamış olan çiftçilerin ve çobanların sonuncu kuşağı olduklarını kabul etmek güç geliyordu onlara. Eninde sonunda makineler gelecek, hayvanlar Bescos'un oldukça uzağında özel besinlerle yetiştirilecekler ve bu küçük köy, belki de merkezi yurtdışında bulunan büyük bir yabancı şirkete satılacak, o da burasını bir kayak merkezine dönüştürecekti.

O bölgedeki diğer köylerin başına çoktan gelmişti bu, bir tek Bescos direnmişti, çünkü o, sonuna kadar savaşmanın ne kadar önemli olduğunu öğretmiş olan atalarına ve onların geleneklerine karşı sorumluluk hissediyordu.

Yabancı, oteldeki kayıt formunu dikkatle okudu, nasıl kaydolması gerektiği üzerinde düşündü. Güney Amerikalı olduğu aksanından kolayca anlaşılıyordu, bu yüzden kendini Arjantinli olarak göstermeye karar verdi, nedeni de, Arjantin futbol takımını pek beğenmesiydi. Formda adres de sorulduğundan, sokak adı olarak Kolombiya'yı gösterdi, Güney Amerikalıların birbirlerini karşılıklı olarak yüceltme alışkanlığında olduklarını biliyordu çünkü, önemli alanlarına ya da caddelerine komşu ülkelerin adlarını verirlerdi. Yabancı, kendine ad olarak da geçen yüzyılda yaşamış ünlü bir teröristin adını seçti.

İki saat geçmiş geçmemişti ki, Bescos'ta yaşayan iki yüz seksen bir kişi, Arjantin doğumlu, Buenos Aires'teki bakımlı Kolombiya Caddesi'nde oturmakta olan Carlos adında bir yabancının köye geldiğini öğrendi. Küçük yerlerin ayrıcalığı buydu işte: Herkes, her şeyi en ufak ayrıntısına kadar ânında öğrenirdi.

Köye yeni gelen adamın amacı da buydu zaten.

Yabancı, odasına çıkıp sırt çantasını boşalttı. Yanına pek az giysi almıştı, çantasında bir tıraş makinesi, bir çift yedek ayakkabı, soğuk algınlığına karşı vitaminler, notlarını tuttuğu kalın bir defter ve her biri ikişer kilo çeken on bir tane külçe altın vardı. Yaşadığı heyecandan, tırmanıştan ve taşıdığı yükten öylesine bitkin düşmüştü ki yatar yatmaz uyuyuverdi; iki yüz seksen bir Bescos'lunun hepsine güvenebileceğini bilse de yatmadan önce bir iskemle alıp kapının arkasına dayamıştı.

Ertesi sabah kahvaltı etti, küçük otelin resepsiyonuna yıkanacak çamaşırlarını bıraktı, altın külçelerini yeniden sırt çantasına yerleştirdi, köyün doğusundaki dağa doğru yola koyuldu. Yolda yaşlı bir kadının dışında kimşeyi görmedi, kadın evinin önünde oturmuş, Yabancı'ya meraklı gözlerle bakıyordu.

Yabancı, ormanın içine daldı, kulakları böceklerin vızıltısına, kuşların cıvıltısına ve çıplak dalları birbirine çarptıran rüzgârın uğultusuna alışıncaya dek bekledi. Burada, kendisi farkına varmadan kolaylıkla gözetlenebileceğini biliyordu, bu yüzden neredeyse tam bir saat hiç kıpırdamadan bekledi.

Bir gözetleyen varsa bile beklemekten sıkılıp köyde anlatacak haber bulamadan buradan çekip gitmiştir, diyebileceği âna kadar bekledi, sonra "Y" biçimindeki bir kayanın yakınında çukur açtı ve külçelerden birini oraya gömdü. Sonra biraz daha yükseğe tırmandı, bir saat de orada oyalanıp doğayı incelemeye dalmış gibi yaptıktan sonra kartal biçiminde bir kaya gördü, onun yakınında ikinci çukuru kazıp kalan on külçeyi de oraya koydu.

Köye dönerken karşılaştığı ilk kişi, genç bir kadın oldu; eriyen karların oluşturduğu derelerden birinin kıyısında oturuyordu. Yabancı'nın ayak seslerini duyan kadın başını okumakta olduğu kitaptan kaldırdı, adama bir göz atıp yeniden kitabına döndü. Ne de olsa yabancılarla konuşmak yakışık almazdı.

Ancak, yabancısı oldukları bir köye gelen kişilerin tanımadıkları kimselerle ahbaplık etme hakları vardır; bu yüzden Yabancı, genç kadının yanına yaklaştı.

"İyi günler," dedi. "Bu mevsim için hava fazla sıcak."

Kadın başıyla doğruladı bu sözü.

Ama Yabancı peşini bırakmadı.

"Bir şeye bakmanızı istiyorum."

Genç kadın kibarca kitabını bir yana bıraktı, elini uzatıp kendini tanıttı.

"Adım Chantal," dedi. "Akşamları sizin kaldığınız otelin barında çalışıyorum. Akşam yemeğine inmemenizi garipsedim. Çünkü oteli ayakta tutan yalnızca odaların kiralanması değil müşterilerin öbür harcamalarıdır da. Adınız Carlos, Arjantinlisiniz ve Buenos Aires'te Kolombiya Caddesi'nde oturuyorsunuz. Buradaki herkes bunu biliyor, çünkü avlanma mevsimi dışında buraya gelen biri merak uyandırır; yaklaşık elli yaşlarında, saçları kırlaşmış ve görmüş geçirmiş olduğu bakışlarından okunan sizin gibi bir adam örneğin.

Davetinize gelince; teşekkür ederim, ama Bescos'un manzarasını akla gelebilecek her açıdan seyrettim ben. Belki de benim size daha önce hiç görmediğiniz köşeleri göstermem daha iyi olur, ama sanırım fazla meşgulsünüzdür."

"Ben elli iki yaşındayım, adım Carlos olmadığı gibi kayıt defterindeki öteki bilgilerin de hiçbiri doğru değil."

Chantal ne diyeceğini bilemedi. Yabancı sözüne devam etti:

"Ben size Bescos'u değil, daha önce görmediğiniz bir şeyi göstermek istiyorum."

Chantal, bir yabancının peşine takılıp ormanın içlerine giren ve arkasında iz bırakmadan ortadan yok olan kızlarla ilgili pek çok hikâye okumuştu. Bir an korkuya kapıldı ama sonra serüven yaşama hevesi baskın çıktı. Bu adam kendisine bir şey yapmaya cesaret edemezdi, çünkü otelin kayıt defterindeki bilgiler gerçeklere uymasa da bütün köyün onun varlığından haberdar olduğunu az önce Yabancı'ya söylemişti. Hem felaketler yalnızca geceleri gelirdi, en azından romanlarda.

"Kimsiniz siz?" diye sordu Chantal. "Eğer bana anlattığınız gerçekse polise gidip sahte bildirimde bulundunuz, diye sizi ihbar edebileceğimi bilin!"

"Bütün sorularınızı yanıtlayacağıma söz veriyorum, ama önce benimle gelmelisiniz, size bir şey göstermek istiyorum. Beş dakikalık bir yolumuz var."

Chantal kitabını kapattı, derin bir soluk aldı ve sessizce dua etti; yüreğinde korku ve heyecan birbirine karışmıştı. Sonra ayağa kalkıp Yabancı'nın peşine takıldı. Bir kez daha hayal kırıklığına uğrayacağından emindi. İlişkileri her zaman vaatlerle dolu bir tanışmayla başlar ve gerçekleşmeyen büyük aşk hayallerinden biri olarak sona ererdi.

Adam "Y" biçimindeki kayanın yanına gitti, az önce kazmış olduğu toprağı işaret etti ve Chantal'dan orada gömülü olan şeyi çıkarmasını istedi.

"Ellerim kirlenecek," dedi Chantal. "Giysilerim de kirlenecek."

Adam yerden bir dal aldı, ikiye böldü, toprağı kazması için Chantal'a uzattı. Onun bu davranışı Chantal'ı öylesine şaşırtmıştı ki, adamın isteğini yerine getirmeye karar verdi.

Beş dakika sonra o kirli sarı külçe önünde duruyordu.

"Bu altına benziyor."

"Altın zaten. Bana ait. Şimdi lütfen yeniden toprağa gömün onu."

Chantal denileni yaptı. Adam genç kadını peşine takıp öteki gizli yere götürdü. Chantal bir kez daha kazdı toprağı. Bu kez gözlerinin önüne serilen külçelerden şaşkına dönmüştü.

"Bunlar da altın. Bunların da sahibi benim," dedi Yabancı.

Chantal toprağa bulanmış altınları yeniden gömecekti ki adam onları olduğu gibi bırakmasını söyledi. Sonra bir taşın üzerine oturup bir sigara yaktı ve gözlerini ufka dikti.

Hiç konuşmuyordu.

"Siz kimsiniz? Burada ne işiniz var? Bu dağda neyin saklı olduğunu herkese söyleyeceğimi bile bile bana bunu neden gösterdiniz?"

"Bir defada ne kadar çok soru soruyorsunuz," dedi

Yabancı, gözleri dağların doruklarındaydı, sanki kadının varlığını umursamıyordu.

"Sizinle birlikte gelirsem sorularımı yanıtlayacağınıza söz vermiştiniz."

"Önce şunu söyleyeyim: Vaatlere inanmamalısınız. Dünya vaat doludur; zenginlik, günahlardan kurtuluş, bitmeyen aşk. Her şeyi vaat edebileceklerine inanan insanlar vardır. Kimileri de –sizin gibi– kendilerine güzel günler vaat eden her şeye gözü kapalı inanırlar. Bir şey vaat edip sözlerini tutmayanlar sonunda kendilerini güçsüz ve öfkeli hissederler. Aynı şey, vaatlere gözü kapalı inananlar için de geçerlidir."

Adam sözü uzattıkça uzattı. Kendi yaşamından söz etti, kaderini değiştiren geceden, gerçeği kabul etmek güç geldiği için inanmak zorunda kaldığı yalanlardan... Kızın anlayabilmesi için onun anlayacağı sözcüklerle konuşmak zorundaydı.

Oysa Chantal söylenenlerin hemen hemen hepsini anlıyordu. Bütün yaşlı erkekler gibi, diye düşündü, bu adam da gençlerle cinsel ilişkiden başka bir şey düşünmüyor. Herkes gibi o da parayla her şeyi satın alabileceğine inanıyor. Her yabancı gibi o da, taşralı kızların, yaşadıkları yerden kaçıp gidebilmek için ufacık bile olsa bir olasılık barındıran, gerçekleşmesi mümkün olan ya da olmayan her türlü öneriyi kabul edecek kadar saf olduklarını sanıyor.

Bu adam, böyle kaba saba bir biçimde Chantal'ı baştan çıkarmaya çalışan erkeklerin ne ilkiydi ne de ne yazık ki sonuncusu olacaktı. Öte yandan, teklif ettiği altının miktarı Chantal'ın aklını karıştırmıştı. Genç kız kendi değerinin bu kadar yüksek olabileceğini hiç düşünmemişti, bu durum onu hem korkutmuş hem de gururunu okşamıştı.

"Vaatlere inanmayacak kadar büyüdüm," dedi Chantal, zaman kazanmak için.

"Oysa her zaman inandınız vaatlere, şimdi de inanıyorsunuz."

"İşte bunda yanılıyorsunuz. Cennette yaşadığımı biliyorum ben, İncil'i okuyup bitirdim; elindekiyle yetinmeyen Havva Anamızın işlediği hatayı işlemem."

Elbette doğru değildi bu sözler. Chantal, Yabancı kendisiyle ilgilenmekten vazgeçip gitmeye kalkar, diye kaygılanmaya başlamıştı bile. Aslında, ormandaki bu karşılaşmayı tezgâhlayan, adamı ağına düşüren Chantal'ın kendisiydi. Yabancı'nın dönüş yolunda geçeceği yere oturmuştu; üç-beş laf edecek, hatta belki de kendisine vaatlerde bulunacak birini arıyor, birkaç günlüğüne de olsa yeni bir aşkın, doğup büyüdüğü bu vadiden bir daha dönmemek üzere kurtulmanın hayalini kurmak istiyordu. Kalbi pek çok kez kırılmıştı, yine de günün birinde hayatının erkeğini bulacağına inanıyordu. İlk başlarda bu erkeği kendisi seçmek istemişti, ancak artık zamanın hızla akıp geçtiğini hissediyordu, kendisini alıp götürmeye gönüllü olan ilk erkekle –onun için hiçbir şey hissetmese bile– Bescos'tan ayrılmaya hazırdı. O adamı sevmeyi öğrenirdi nasılsa, aşk da bir zaman sorunu değil miydi.

"Ben de bunu öğrenmek istiyorum işte," diyerek Chantal'ın düşüncelerini böldü adam. "Cennette mi yaşıyoruz, cehennemde mi?"

Güzel! Tuzağa düşüyordu demek.

"Cennette. Ama kusursuz bir yerde çok uzun süre kalanlar sonunda sıkılmaya başlarlar."

Chantal ilk yemi atmıştı. Yani, "Ben serbestim, emrinize amadeyim," demek istemişti.

"Sizin gibi mi?" diye sormalıydı Yabancı.

"Sizin gibi mi?" diye sordu Yabancı.

Chantal temkinli olmalıydı; susuzluktan kırılsa da çeşmeye koşarak gitmemeliydi. Adamı ürkütebilirdi.

"Bilmiyorum. Bazen böyle hissediyorum, bazen kaderimin beni buraya bağladığını ve Bescos'tan uzakta asla yaşayamayacağımı düşünüyorum."

İkinci adım: kayıtsızmış gibi davranmak.

"Eh, bana gösterdiğiniz altın konusunda daha fazla bir şey anlatmayacaksanız derenin kıyısına, kitabımın başına döneyim artık. Bu gezinti için teşekkür ederim."

"Durun biraz!"

Adam zokayı yutmuştu.

"Bu altının neden burada bulunduğunu elbette anlatacağım size. Yoksa neden sizi buraya kadar getireyim ki?"

Seks, para, güç, vaatler... Ancak Chantal şaşırtıcı bir açıklama beklermiş gibi davrandı. Erkekler üstün taraf olmaktan tuhaf bir zevk alırlar, oysa çoğu kez, davranışlarının nedeninin açık seçik anlaşıldığını bilmezler.

"Hayat deneyiminiz oldukça fazla galiba, sizden çok şey öğrenebilirim."

Mükemmel. İp biraz gevşetilecek, av ürkmesin, diye birazcık pohpohlanacak; bu, önemli bir kuraldı.

"Bununla birlikte kötü bir alışkanlığınız var: Kestirme bir yanıt vereceğinize vaatler hakkında ya da hayatta nasıl davranmamız gerektiği üzerine uzun uzadıya konuşuyorsunuz. Seve seve kalırım yanınızda, ama önce konuşmamızın başında size sorduğum soruları yanıtlamanızı istiyorum: Kimsiniz? Ve burada işiniz ne?"

Yabancı, gözlerini dağlardan çevirip karşısındaki genç kadına dikti. Yıllar yılı çeşit çeşit insan tanımıştı, şimdi bu genç kadının da ne düşündüğünü biliyordu, hatta emindi buna. O altınları, zenginliğiyle kendisini etkilemek için gösterdiğini sanıyordu mutlaka. Öte yandan Chantal da Yabancı'yı gençliğiyle ve kayıtsızlığıyla etkilemeye çalışıyordu.

"Kim miyim? Şöyle diyebiliriz, bir süredir belli bir

gerçeğin peşinde olan bir adamım. Kuramsal olarak buldum o gerçeği, ama henüz uygulamaya koyamadım."

"Ne tür bir gerçek bu?"

"İnsanın doğasıyla ilgili. Eğer kışkırtılırsak sonunda bu kışkırtmaya karşı koyamayacağımızı keşfettim. Koşullara bağlı olarak dünyadaki herkes kötülük yapmaya hazırdır."

"Bence..."

"Söz konusu olan sizin ya da benim ne düşündüğümüz değil, neye inanmak istediğimiz de değil; söz konusu olan kuramımın geçerli olup olmadığı. Benim kim olduğumu mu bilmek istiyorsunuz? Ben çok zengin, çok ünlü bir sanayiciyim. Emrimde binlerce kişi çalışıyordu, yerine göre sert, yerine göre yumuşak davranırdım. Öyle şeyler yaşadım ki başkaları bunları hayal bile edemez. Zevki de bilgiyi de bilinen sınırların ötesinde aradım. Tekdüzeliğin ve ailenin cehenneminde kıstırılmış olduğuna inandığı sırada cenneti tanımış olan bir adamım ben; sınırsız özgürlüğün sunduğu cennetin tadına vardığımda da cehennemi tanıdım. İşte böyle biriyim ben, hayatım boyunca kötü de oldum, iyi de; insan ruhunun özü konusundaki soruma en iyi yanıtı verecek olan belki de benim; işte bu yüzden buradayım. Sizin şimdi ne öğrenmek istediğinizi biliyorum."

Chantal üstünlüğünün elden gittiğini hissetti. Adamı hemen yeniden avucunun içine alması gerekiyordu.

"Size şimdi, bu altını neden bana gösterdiniz diye soracağımı sanıyorsunuz, değil mi? Aslında benim öğrenmek istediğim, zengin ve tanınmış bir sanayicinin, kitaplarda, üniversitelerde ya da sadece ünlü bir filozofa danışarak bulabileceği bir yanıt için neden Bescos'a geldiği."

Genç kadının zekice yanıtı Yabancı'nın hoşuna gitmişti. Demek ki, her zaman olduğu gibi doğru kişiyi seçmişti.

"Bescos'a gelmemin nedeni, bir planımın olması. Uzun zaman önce, Dürrenmatt adında bir yazarın bir tiyatro oyununu seyretmiştim. Dürrenmatt'ı bilirsiniz mutlaka..."

Bu son cümle genç kadını kışkırtmak için söylenmişti. Chantal'ın Dürrenmatt'ın adını duymuşluğu yoktu mutlaka, ama yazarı tanıyormuş gibi davranacak, kim olduğu üzerinde durmayacaktı.

"Devam edin lütfen," dedi Chantal, tam da Yabancı'nın tahmin ettiği gibi.

"Yazarı tanımanıza memnun oldum, ama hangi oyunundan söz ettiğimi size açıklayayım."

Yabancı sözlerini tartarak konuşuyordu, sesinin tonundan kızla dalga geçtiği anlaşılmıyor, ama onun yalanına inanmadığı belli oluyordu:

"Oyunda yaşlı bir kadın vardır, zengin olduktan sonra doğduğu yere geri döner; amacı genç bir kızken kendisini reddetmiş olan eski sevgilisinden intikam alıp onu mahvetmektir. Kadının bütün yaşamı, bütün evlilikleri, zenginleşmesi, bir tek amaca hizmet etmiştir: ilk aşkından intikam almasına.

Bu öyküden yola çıkarak kendi oyunumu kurdum. Halkının sevinç, huzur ve uyum içinde yaşadığı, gözlerden uzak bir yere gidecek ve orada yaşayanlardan birkaçının en önemli emirlere[1] karşı gelmelerini sağlayıp sağlayamayacağımı görecektim."

Chantal başını çevirip dağlara baktı. Kendisinin o yazarı tanımadığını Yabancı'nın anlamış olduğunu biliyordu artık; şimdi de adamın kendisine bu önemli emirlerin neler olduğunu sormasından korkuyordu.

"Bu köyde herkes dürüst, en başta da siz," diye de-

1. Yahudilikte ve Hıristiyanlıkta, Tanrı'nın Sina Dağı'nda Hz. Musa'ya vahyettiğine inanılan On Emir. (Ç.N.)

vam etti Yabancı. "Size gösterdiğim altın külçesi, bütün dünyayı dolaşmanıza, izbe dağ köylerindeki genç kızların hayalini kurduğu şeyleri yapmanıza yetecek özgürlüğü sağlayabilirdi. Ama altın külçesi burada kalacak. Onun bana ait olduğunu biliyorsunuz. İsterseniz çalabilirsiniz de altını. Böyle yaparsanız en önemli emirlerden birine karşı gelmiş olursunuz: 'Çalmayacaksın.'"

Genç kız gözlerini dağdan çevirip Yabancı'nın yüzüne baktı.

"Öteki külçelere gelince," diye devam etti Yabancı, "bütün köy halkının yaşamlarının sonuna kadar çalışmalarına gerek bırakmayacak miktardadır. Külçeleri yeniden toprağa gömmenizi istemedim, çünkü onları alıp benden başka kimsenin bilmediği bir yere götüreceğim. Köye dönünce bu altınları ve size yaptığım öneriyi, köy halkına anlatmanızı istiyorum; akıllarından bile geçirmedikleri bir şeyi yaparlarsa altınları Bescos'lulara vereceğimi yani."

"Örneğin?"

"Örnek vermeme gerek yok, tam anlamıyla somut bir şey istiyorum, o da şu: Bescos'luların, Kutsal Kitap'taki 'Öldürmeyeceksin' emrine karşı gelmelerini istiyorum."

"Neden?"

Genç kadının ağzından bir çığlık gibi çıkmıştı bu soru.

"Evet, doğru duydunuz. Onların bir suç işlemelerini istiyorum."

Yabancı, genç kadının deyim yerindeyse donup kaldığını fark etti; belki de lafın sonunu dinlemeden çekip gidecekti. Planının tamamını hızla açıklamalıydı:

"Bir hafta süre tanıyorum. Yedi günün sonunda köyden biri ölü bulunursa –kimseye hayrı dokunmayan yaşlı biri olabilir bu, çaresiz bir hastalığa yakalanmış biri ya da insanların başına dert olan bir zihinsel özürlü; kim olacağı önemsiz– bu altınlar, Bescos halkının olacak, ben de bütün insanların içinde kötülük bulunduğu sonucuna varacağım. Eğer bu altın külçesini siz çalarsanız, ama köylüler böyle bir şeye kalkışmazlarsa ya da tersi olursa, o zaman iyi insanlar da kötü insanlar da bulunduğu hükmüne varacağım. Bu durumda ciddi bir sorunla karşı karşıya kalırım, çünkü o zaman doğaüstü bir çatışma var demektir; bu çatışmada her iki taraf da galip gelebilir. Tanrı'ya, doğaüstüne, melekler ile şeytanlar arasındaki çatışmalara inanır mısınız?"

Genç kadın konuşmayınca Yabancı soruyu yanlış zamanda sorduğunun farkına vardı. Sözlerini bitirmesine fırsat vermeden genç kadın sırtını dönüp gidebilirdi. İronik söz oyunlarına bir son verip konuya doğrudan girmeliydi.

"Yedi günün sonunda ben çantamda on bir altın külçesiyle buradan ayrılırsam, inanmak istediğim her şeyin yalan olduğu kanıtlanmış olacak. Almak istemediğim yanıtla birlikte mezara gideceğim; keşke haklı çıksam, yani dünya Kötü'nün hükmü altında olsa; o zaman hayat benim için daha kolaylaşırdı."

"Çektiğim ıstırap hiç azalmasa da," diye düşündü Yabancı.

Chantal'ın gözleri yaşla dolmuştu. Yine de kendini kontrol edecek gücü bulabildi.

"Bunu neden yapıyorsunuz? Neden benim köyümü seçtiniz?"

"Burada söz konusu olan ne sizsiniz ne de köyünüz, söz konusu olan 'ben'im. Bir insanın hikâyesi, bütün insanlığın hikâyesidir. İyi mi, kötü mü olduğumuzu öğrenmek istiyorum. İyi isek, Tanrı adildir. Yaptığım her şeyi, beni mahvetmeye çalışanlara ettiğim beddualarını, en önemli anlarda aldığım yanlış kararları, hatta şimdi size yaptığım bu öneriyi bile bağışlayacaktır, çünkü beni karanlığın içine iten Tanrı'dır.

Eğer kötüysek o zaman yaptığımız her şey doğru demektir. O zaman ben hiç yanlış karar almadım, demektir, o zaman biz çoktan lanetlenmişizdir. Bu hayatta ne yapacağımızın hiç önemi yoktur; çünkü 'kurtuluş', bir insanın düşüncesinin ve davranışının ötesinde yatmaktadır."

Chantal gitmeye davranırken Yabancı ekledi:

"Benimle işbirliği yapmak istemeyebilirsiniz. Bu durumda ben, onlara yardım etme fırsatını size tanımış olduğumu, sizinse buna yanaşmadığınızı herkese anlatırım. Önerimi onlara kendim açıklarım. Unutmayın ki birini öldürmeye karar verirlerse bu kurban, pekâlâ siz de olabilirsiniz."

3

Bescos'lular, Yabancı'nın günlük düzenine çabuk alıştılar. Erkenden kalkıyor, sıkı bir kahvaltıdan sonra, gelişinin ertesi günü başlayan ve güneş yüzünü ara sıra gösterse de, bir süre sonra karla karışık yağmaya başlayan yağmura aldırmadan, dağlarda yürüyüşe çıkıyordu. Öğlen yemeği yemiyor, otele öğleden sonra dönüyor, odasına kapanıp uyuyordu; en azından Bescos'lular böyle düşünüyordu.

Hava kararır kararmaz yeniden yürüyüşe çıkıyor, bu kez köyün çevresinde dolaşıyordu. Lokantaya ilk o geliyor, fiyatlara bakmadan en lezzetli yemekleri ısmarlıyor, mutlaka en pahalı olması gerekmeyen ama en kaliteli şarabı seçiyor, bir sigara tüttürüyor ve sonra da bara geçiyordu; geldiği ilk günden beri, barın müdavimi olan erkeklerle ve kadınlarla ahbaplık etmeye özen göstermişti.

Yabancı, Bescos'ta çok eskiden yaşamış insanlarla ilgili söylenceleri (bu köyün, köyün dışındaki birkaç yıkıntıdan da anlaşılabileceği gibi eskiden çok daha büyük olduğunu söyleyenler vardı) dinlemekten hoşlanıyordu. Taşra yaşamının bir parçası olan gelenek ve görenekler ile kör inançlar üzerine hikâyeler kadar, çağdaş tarım teknikleri ve hayvan yetiştirme konularını da ilgiyle dinliyordu.

Kendisinden söz etme sırası Yabancı'ya geldiği zaman, çelişkili hikâyeler anlatıyordu; bazen eskiden denizci olduğunu söylüyor, bazen de yönetmiş olduğu büyük silah fabrikasını anlatıyordu ya da Tanrı'yı aramak için bir süre manastıra kapanmış olduğunu...

Bardan çıkan müşteriler, evlerine giderken Yabancı'nın doğruyu söyleyip söylemediğini aralarında tartışıyorlardı. Belediye başkanı, bir adamın hayatta bazen birkaç şey birden olabileceğini düşünüyordu; oysa Bescos'lular daha beşikteyken nasıl bir hayat süreceklerini bilirlerdi. Rahip ise, yeni gelen bu adamın şaşkın ve ne yapacağını bilmez göründüğünü, bu köye kendini bulmak için gelmiş olduğunu ileri sürüyordu.

Ne olursa olsun kesin olan bir şey vardı: Yabancı, köyde yedi günden fazla kalmayacaktı. Gerçekten de, otelin sahibesi, onun uçak biletini onaylatmak üzere başkentteki havaalanına telefon ettiğini duymuştu; ne tuhaf ki Yabancı'nın gideceği yer, Güney Amerika'da değil de Afrika'da bir kentti. Telefon biter bitmez Yabancı, cebinden bir deste banknot çıkarıp oda kirasını, yediği ve yiyeceği yemeklerin parasını peşin ödemek istemiş ama otelin sahibesi ona güvendiğini belirtmişti. Yabancı ısrar edince kadın, öteki konukların yaptığı gibi onun da kredi kartıyla ödemesini önermişti. Böylece nakit parasını, yolculuğun bitimine kadar ortaya çıkabilecek acil durumlarda kullanabilirdi. Az daha, belki Afrika'da kredi kartı geçmiyordur, diye ekliyordu. Ancak böyle yaparsa telefon konuşmasına kulak verdiği ve bazı kıtaların ötekilere kıyasla daha az gelişmiş olduğunu düşündüğü ortaya çıkardı ki, bunu istemezdi.

Yabancı, gösterilen ilgiye teşekkür etmiş ve parayı kabul etmesini kadından kibarca istemişti.

Ondan sonraki üç akşam, Yabancı –hep nakit ödeyerek– bardaki müşterilere birer içki ısmarlamıştı. Bescos'ta o zamana dek böyle bir şey görülmemişti; bu nedenle Bescos'lular bu adam hakkında köyde dolaşan çelişkili hikâyeleri unutup onu eli açık, dost, önyargısız, köylülere de kentli kadınlar ve erkeklere davrandığı gibi davranan biri olarak görmeye başladılar.

Artık barın gedikli müşterilerinin konuşma konusu değişmişti. Bar kapandığı zaman sona kalan müşteriler, Yabancı'nın görmüş geçirmiş biri olduğunu, iyi dostluğun kıymetini bildiğini söyleyen belediye başkanına hak vermeye başladılar. Rahibin görüşünü paylaşanlar da vardı; çünkü rahip insan ruhunu ilgilendiren konularda daha bilgiliydi. Bu ikinci grubun gözünde Yabancı, yeni arkadaşlar ya da değişik bir hayat arayan yalnız bir adamdı. Hangisi olursa olsun, hepsi de onun hoş bir insan olduğu görüşünde birleşiyorlardı; gelecek pazartesi oradan ayrıldıktan sonra onu mutlaka özleyeceklerine emindiler.

Ayrıca, herkesin önemli bir ayrıntı sayesinde saptamış olduğu gibi, düşünceli bir adamdı da o. Otele yalnız gelen yolcular, gelip geçici bir serüven filan istediklerinden olsa gerek, genellikle barın garsonu Chantal Prym ile sohbeti koyultmak isterlerdi. Bu adamsa içki istemek dışında kızla hiç konuşmuyor; ona baştan çıkarıcı ya da anlamlı bakışlar atmıyordu.

4

Dere kıyısındaki karşılaşmayı izleyen üç gece Chantal neredeyse gözünü hiç kırpmadı. Durup durup patlayan fırtına müthiş bir gürültü çıkarıyor, metal panjurları takır takır öttürüyordu. Elektriğe fazla para gitmesin, diye kaloriferi geceleri söndürmüş olsa da Chantal, ter içinde sıçrayarak uyanıyordu.

İlk gece İyi'nin etkisindeydi Chantal. Neler gördüğünü anımsayamadığı karabasanlar arasında uyandıkça Tanrı'ya yakarıyor; ondan yardım diliyordu. Kendisine anlatılan şeyi başkalarına aktarmayı, böylelikle günahın ve ölümün habercisi olmayı bir an olsun, göze alamıyordu.

Öyle bir an geldi ki Chantal, Tanrı'nın kendi sesini duyamayacak kadar uzakta olduğuna inandı ve bu yüzden dualarını kısa bir süre önce ölen ve annesi kendisini doğururken yaşamını yitirdiği için kendisini büyütmüş olan büyükannesine yöneltti. Var gücüyle, Kötü'nün bir zamanlar buralardan geçmiş olduğu ve bir daha asla geri dönmeyeceği düşüncesine sarılmıştı.

Kişisel sorunları ne olursa olsun Chantal, dürüst erkek ve kadınların bulunduğu bir toplumda yaşadığını, bu insanların görevlerini yerine getirdiklerini, başlarının dik, alınlarının açık olduğunu ve bütün o yörede saygı gördüklerini biliyordu. Ama bu her zaman böyle olmamıştı. Bescos, iki yüzyıldan fazla, insanların yarattığı en büyük kötülüklerin etkisinde kalmıştı: Herkes de bunu çok doğal karşılamıştı, çünkü bu durumu Romalılara yenilen Keltlerin bedduasının sonucu olarak görüyorlardı.

Sonunda, beddualara değil de hayırdualarına inanan bir adamın, bir tek adamın susması ve yürekliliği halkını kurtarmıştı. Chantal, metal panjurların takırtısına kulak verirken çok eskiden olanları anlatan büyükannesinin sesini duyar gibi oldu.

"Uzun yıllar önce, bu yöredeki mağaraların birinde bir keşiş yaşarmış, daha sonraları Aziz Savinus olarak bilinmiş bu keşiş. O günlerde Bescos bir sınır köyüymüş; adaletin önünden kaçan haydutlar, kaçakçılar, fahişeler, kafa dengi arayan serüvenciler, iki cinayet arasında burada dinlenen katillerle dolup taşarmış. İçlerinde en kötüsü Ahab adında bir Arap'mış. Bu adam köyü ve çevresini kendi denetimi altında tutar, dürüst yaşamakta ısrar eden çiftçileri haraca kesermiş.

Günün birinde Savinus, mağarasından çıkmış, Ahab'ın evine gelmiş ve geceyi orada geçirmek istediğini söylemiş. Ahab gülmekten katılmış:

'Sen benim bir katil olduğumu, yaşadığım yerde pek çok adamın gırtlağını kestiğimi, senin hayatının benim gözümde bir hiç olduğunu bilmez misin?'

'Biliyorum,' diye yanıtlamış onu Savinus. 'Ama o mağarada yaşamaktan bıktım. Burada hiç değilse bir gece kalayım.'

Ahab, azizin ününü duymuşmuş, kendininkinden aşağı kalmıyormuş ve bu da onun hiç hoşuna gitmiyormuş, çünkü kendisinden başka kimsenin böyle ünlenmesini istemiyormuş. Bu yüzden adamı hemen o gece öldürmeye karar vermiş; amacı, herkese oraların tek rakipsiz efendisinin kim olduğunu göstermekmiş.

Sohbete başlamışlar; Ahab azizin sözlerinden etkilenmiş. Ama kuşkucu bir adammış o ve çoktandır İyi'ye inanmaz olmuşmuş. Savinus'a yatacağı yeri gösterdikten sonra istifini bozmadan ama tehditkâr bir havayla hançerini bilemeye başlamış. Savinus onu birkaç dakika izledikten sonra gözlerini kapayıp uykuya dalmış.

Ahab gece boyu hançerini bilemiş. Savinus sabah erkenden uyandığında Ahab'ı yanı başında sızlanır bulmuş.

'Benden korkmuyorsun, beni yargılamadın da. İlk kez biri, benim iyi biri olabileceğime, gidecek yeri olmayan herkese konukseverlik gösterebileceğime inanarak geceyi evimde geçirdi. Sen benim doğru davranacağıma inandığın için ben de öyle davrandım.'

Ahab suç işlemekten o gün vazgeçmiş ve kendini o yöreyi değiştirmeye adamış. Böylece Bescos, haydut yatağı bir sınır köyü olmaktan çıktı, iki ülke arasında önemli bir ticaret merkezi haline geldi.

İşte bilmen gereken bu."

Chantal gözyaşlarına boğuldu ve bu öyküyü aklına getirdiği için büyükannesine içinden teşekkür etti. Köy halkı iyi insanlardı, Chantal onlara güvenebilirdi. Yeniden uykuya dalmaya çalışırken, aklından Yabancı hakkında bildiği şeyleri insanlara anlatmak geçti, en azından köyden kovulduğunda onun yüzündeki şaşkın ifadeyi görmek için.

Akşam olunca Yabancı her zaman yaptığı gibi bara gitti, müşterilerle sohbete daldı; tıpkı herhangi bir turist gibi incir çekirdeğini doldurmayan konularla –örneğin koyunların kırkılması ya da etlerin hangi usulle tütsülendiğiyle– ilgilenmiş görünüyordu. Bescos'lular bütün yabancıların onların sürdükleri sağlıklı ve doğal yaşama hayran olduklarına inanırdı; bu yüzden de, "Ah, uygarlığın uzağında yaşamak ne kadar da hoş!" diyerek aynı şeyleri anlatıp dururlardı; oysa her biri, bütün kalbiyle köyün çok uzağında olmayı, havayı kirleten araçların arasında, güvensizliğin kol gezdiği mahallelerde bulunmayı dilerdi; çünkü büyük kentler, taşralılar için hep inanılmaz bir çekim gücüne sahip olmuştur. Ama ne zaman köye yabancı biri gelse ona gizli bir cennette yaşamanın sağladığı keyfi anlatan nutuklar çekmeye girişir, aynı zamanda burada doğmuş olmanın bir mucize olduğuna kendilerini de inandırmaya çabalarlardı; öte yandan o güne kadar otele gelen hiçbir müşterinin her şeyi geride bırakıp Bescos'a yerleşmeye karar vermediğini unuturlardı.

Akşam keyifli geçiyordu, ta ki Yabancı, aslında söylememesi gereken bir söz edinceye kadar:

"Buradaki çocuklar çok iyi yetiştirilmiş. Bundan önce bulunduğum pek çok yerin tersine, buradakilerin sabahları bağırdığını hiç duymadım."

Bar birden sessizleşti, çünkü Bescos'ta hiç çocuk yoktu; sıkıntılı geçen birkaç dakikanın sonunda birinin aklına Yabancı'ya az önce yediği yöre yemeğini beğenip beğenmediğini sormak geldi; böylece sohbet normal seyrine döndü, taşra yaşamının iyi yanları ve büyük kentte yaşamanın kötü yanları konuşulmaya başlandı.

Saatler ilerledikçe Chantal huzursuz olmaya başladı, Yabancı'nın, ormandaki karşılaşmalarından söz etmesini isteyeceğine inanıyordu çünkü. Ama adam Chantal'a bakmadı bile, herkese içki ısmarlarken konuştu onunla yalnızca, içkilerin parasını da her zamanki gibi nakit ödedi.

Müşteriler bardan ayrılır ayrılmaz Yabancı da odasına çıktı. Chantal önlüğünü çıkardı, masalardan birinde unutulmuş bir paketten bir sigara alıp yaktı, otelin sahibesine ortalığı ertesi sabah temizleyip düzene koyacağını söyledi, "Bir gece önceyi uykusuz geçirdiğim için çok bitkinim," dedi. Kadın hiç itiraz etmedi, Chantal da mantosunu sırtına alıp gecenin ayazına çıktı.

Yüzünü ıslatan yağmur altında hemen yakındaki odasına doğru yürürken, o korkunç teklifi yapan Yabancı'nın belki de kendisinin ilgisini çekmek için bu tuhaf yöntem dışında bir şey bulamamış olduğu geldi aklına.

Ama altını unutmamıştı Chantal; onu görmüştü, kendi gözleriyle görmüştü.

Belki de altın değildi gördüğü. Ama bunun üzerinde düşünemeyecek kadar yorgundu genç kadın; odasına girer girmez soyundu ve yatağa girdi.

İkinci gece, hem İyi hem de Kötü, Chantal'ın yanındaydı. Genç kadın deliksiz, düşsüz bir uykuya dalmıştı ama bir saat sonra uyandı. Dışarısı sessizdi: Ne metal panjurlar takırdıyor ne gece kuşları ötüyordu. Chantal'ın hâlâ canlıların dünyasında bulunduğunu gösteren hiçbir belirti yoktu.

Pencereye gidip ıssız sokağı, çiseleyen yağmuru, otelin ışıklı tabelasından başka bir şeyin seçilmediği sisi seyretti; köy gözüne hiç bu kadar karanlık görünmemişti. Taşra kentlerindeki huzur ve sükûnet değil de konuşacak yeni bir şey bulunmadığı anlamına gelen bu sessizliği iyi tanırdı.

Dağlara doğru baktı. Bulutlar epeyce alçakta olduğu için bir şey göremedi, ama o tepelerin bir yerinde bir altın külçesinin gizlenmiş olduğunu biliyordu. Ya da bir yabancının toprağa gömmüş olduğu, tuğla biçiminde sarı bir şey. Yabancı ona külçenin bulunduğu yeri göstermişti, az kalsın altını topraktan çıkarıp yanına almasını da isteyecekti.

Chantal yeniden yatağına girdi; birkaç kez sağa sola döndükten sonra kalktı ve banyoya gitti; aynanın önüne geçip çıplak bedenini kaygılı gözlerle inceledi; yakında bütün güzelliğini yitirmeyecek miydi bedeni? Yatağına döndü, bardaki masalardan birinin üzerinde unutulmuş o sigara paketini yanına almadığına pişman olmuştu ama paketin sahibinin onu aramak için geri döneceğini biliyordu; Chantal da suçlanmak istemiyordu. Bescos böyleydi işte! Yarısı boşalmış bir sigara paketinin bile sahibi olurdu; sahibi ortaya çıkıncaya kadar bir ceketten düşen düğme atılmaz, saklanırdı; hatta para üstü bile son kuruşuna kadar geri verilmeliydi, rakam yuvarlatılamazdı. Lanet olası bir yerdi Bescos; sürprizlere yer yoktu, düzenli ve güven vericiydi.

Yeniden uyuyamayacağını anlayan Chantal, bir kez daha dua edip büyükannesini düşünmeye çalıştı; ancak gözlerinin önüne hep aynı sahne geliyordu: açılmış çukur, toprak bulaşmış sarı maden, yola çıkmaya hazır bir hacının bastonu gibi elinde tuttuğu dal. Chantal dalıp dalıp uyanıyordu, ama çevresini saran sessizlik azalmıyor, kafasının içinde hep aynı sahne dolanıyordu.

Şafak söker sökmez giyinip dışarı çıktı.

Bescos'lular sabahın ilk ışıklarıyla birlikte kalkardı; ancak bu kez Chantal, onlardan önce davranmıştı. Issız sokakta yürürken Yabancı tarafından izlenmediğine emin olmak için sık sık arkasına baktı ama sis yüzünden birkaç metreden ötesini göremiyordu. Ara sıra durup ayak sesleri var mı, diye kulak kabartıyordu; ancak duyduğu tek ses kendi kalbinin gümbürtüsüydü.

Ormana girip "Y" biçimindeki kayanın olduğu yere gitti –kayanın üzerine yıkılmasından korka korka– bir önceki gün orada bırakmış olduğu dalı eline aldı, Yabancı'nın kendisine göstermiş olduğu yeri kazdı, elini sokup altın külçesini çıkardı. Ormanda tuhaf bir sessizlik vardı, sanki bir hayalet hayvanları ürkütüyor, bitkileri uyuşturuyordu.

Altını eliyle tarttı, tahmin ettiğinden daha ağırdı, külçeyi temizleyince üzerine kazılmış birkaç işaret gördü, iki tane damga ve bir dizi de sayı vardı, onların ne olduğunu anlamaya çalıştıysa da başaramadı.

Acaba değeri neydi külçenin? Tam olarak bilemiyordu bunu, ama Yabancı'nın söylediği gibi mutlaka hayatının sonuna dek çalışmadan yaşamasına yetecek kadar olmalıydı. Ellerinin arasında hayallerini tutuyordu Chantal, hep arzulamış olduğu ve bir mucize sonucu eline geçen şeydi o. Bescos'taki birbirinin tıpatıp aynı olan günlerden ve gecelerden, on sekizini doldurduğundan beri çalıştığı otelden, eğitim görmek ve adam olmak için uzaklara gitmiş olan kız ve erkek arkadaşlarının yıllık ziyaretlerinden, artık alışmış olduğu bütün o terk edilişlerden, kendisine dünyaları vaat edip ertesi gün veda bile etmeden çekip giden geçici erkeklerden, boşa çıkması alnında yazılı olan bütün hayallerden kurtulmak için bir fırsattı bu. Ormandaki o an, Chantal'ın hayatının en önemli ânıydı.

Hayat, Chantal'a hep adaletsiz davranmıştı. Babasını tanımıyordu, annesi loğusa yatağında ölüp gitmiş, Chantal'ı suçluluk duygusuyla baş başa bırakmıştı; bir çiftçi olan büyükannesi, torunu en azından okuyup yazmayı öğrensin diye ayrıca terzilik yapıp para biriktirmişti. Chantal'ın pek çok hayali vardı. Engelleri aşacağını, bir koca bulacağını, büyük bir kentte işe gireceğini, dünyanın bir ucundan kalkıp köye gelen bir yetenek avcısı tarafından keşfedileceğini, tiyatro sanatçısı olacağını, çok satan bir kitap yazacağını, fotomodel olacağını, hayatın kırmızı halı döşeli yollarında yürüyeceğini hayal ederdi.

Her gün, yeni bir bekleyişti. Her gece, değerini bilecek kişiyle tanışmanın ateşiyle yanardı. Yatağına giren her erkek, ertesi gün oradan ayrılıp köyün o üç sokağını, o yıkık dökük evleri, arduvaz taşıyla kaplı damları, kiliseyi ve bakımsız mezarlığı, oteli ve hazırlaması haftalar alan ve sonunda otelde fabrika ürünleriyle aynı fiyata satılan doğal ürünleri bir daha asla görmemek demekti.

Bir gün Chantal'ın aklına o köyün eski sakinleri olan Keltlerin oraya muhteşem bir hazine gizlemiş olacakları ve kendisinin de sonunda bunu bulacağı gelmişti. Bütün düşleri içinde en saçması, en inanılmazı buydu.

İşte şimdi, avuçlarında o altın külçesiyle duruyordu orada, varlığına gerçekten inanmadığı hazineyi okşuyordu; onun sayesinde sonunda özgürlüğüne kavuşacaktı.

Ama birden paniğe kapıldı; hayatının tek fırsatı bir anda yok olabilirdi. Ya Yabancı, düşüncesini değiştirirse? Ya başka bir köye gitmeye kalkarsa ve orada planını gerçekleştirmesinde kendisine yardımcı olacak bir kadın bulursa? Bu yüzden Chantal tereddüt etmemeli, kalkıp odasına dönmeli, sahip olduğu üç-beş şeyi valize atıp çekip gitmeliydi...

Kendisini, soluk soluğa yokuş aşağı giderken, köyün çıkışında otostop yaparken görür gibi oldu; o sırada sabah yürüyüşüne çıkmış olan Yabancı, altının çalındığının farkına varacaktı. Chantal yakındaki bir kente varırken adam otele dönüp polis çağıracaktı.

Chantal kendisini arabasına alan sürücüye teşekkür edecek, doğruca otobüs terminalindeki gişeye gidip en uzak kente bir bilet alacaktı. Tam o sırada yanına iki polis memuru gelecek, kibarca çantasını açmasını isteyecek ama içindekini görür görmez kibarlığı elden bırakacaklardı; üç saat önce hakkında şikâyette bulunulduğu için aradıkları kadın olacaktı Chantal.

Karakolda, Chantal'ın iki seçeneği olacaktı: Ya doğruyu söyleyecek, ama hiç kimse kendisine inanmayacaktı ya da eşelenmiş toprağı gördüğünü, kazmaya karar verdiğini ve altını bulduğunu iddia edecekti. Bir zamanlar bir altın arayıcısı –Keltlerden kalma hazineleri arıyordu adam– bir gece Chantal'la birlikte olmuştu. Ona, böyle bir durumda yasaların açık olduğunu söylemişti. Bulduğu her şeyi kendine alıkoyabilirdi, ancak tarihî eserleri resmî makamlara bildirmesi ve devlete teslim etmesi gerekiyordu. Oysa bu külçe altının tarihî bir değeri yoktu, eski filan değildi, üzerinde işaretler, damgalar ve sayılar kazılıydı.

Polis, Yabancı'yı sorguya çekecekti. Adam, Chantal'ın odasına geldiğini ve malını çaldığını kanıtlayamazdı. Chantal'ınkine karşı adamın sözü olacaktı, ama adam daha güçlü olduğu, önemli kişileri tanıdığı için, sonunda haksız çıkan Chantal olacaktı. Öte yandan Chantal, polisten altın külçesini incelemelerini isteyecekti; polis üzerinde toprak zerrelerini bulunca da genç kadının doğruyu söylediğini anlayacaktı.

O arada olay Bescos'ta duyulacak ve halk –ya kıskançlıktan ya da hasetten– Chantal'ın otel müşterileriyle yattığı dedikodusunun bir bakıma doğru olduğunu söyleyecekti; belki de adamı, gece uykusunda soymuştu.

Olay, dokunaklı bir sonla noktalanacaktı: Mahkeme karar verinceye kadar altın külçesine el konacak; Chantal aşağılanmış, yıkılmış bir halde ve yine otostopla Bescos'a geri dönecek, orada yıllarca kendisiyle alay edilecek ve sonunda her şey unutulacaktı. Chantal mahkemelerin hiçbir işe yaramadığını, avukatların çok para istediğini –ki Chantal parasızdı– çok sonra öğrenecekti; böylece davadan geri çekilecekti.

Sonuçta: Chantal hem altını hem de saygınlığını yitirecekti.

Başka bir bakış açısı daha vardı: Yabancı'nın gerçeği söylemesi. Chantal altını çalar ve oradan çekip giderse köyü daha büyük bir felaketten kurtarmış olmaz mıydı? Ama daha evden çıkmadan ve dağa yönelmeden çok önce bu adımı atamayacağını biliyordu. Hayatını baştan sona değiştirmesinin mümkün olduğu böyle bir anda, neden böylesine bir korkuya kapılmıştı? Ne de olsa canının istediğiyle yatağa girmiyor muydu? Kimi zaman, yabancılardan ufak bir bahşiş koparmak için onlara cilve yapmıyor muydu? Zaman zaman yalan söylemiyor muydu? Köyden ayrılıp yalnızca yıl sonlarında, ailelerini görmek için köye dönen eski tanıdıklarına gıpta etmiyor muydu?

Altını ellerinin arasında sıkı sıkı tuttu, ayağa kalktı ama kendini güçsüz ve umarsız hissediyordu; dizlerinin üzerine çöktü, altını çukura bıraktı ve üstünü toprakla örttü. Hayır, altını alıp götüremeyecekti. Bu bir dürüst olup olmama sorunu değildi; Chantal ansızın korkuya kapılmıştı. İnsanın düşlerini gerçekleştirmesine engel olan iki şey olduğunu anlamıştı: Birincisi, düşlerin zaten asla gerçekleşemeyeceği inancıydı, ikincisi de kader çizgisinin ansızın tersine dönmesiyle bu düşlerin ansızın, en beklenmedik anda gerçekleşebilir olması. Bu gibi anlarda insan, nereye götürdüğü belli olmayan bir yola girmekten, bilmediği tehlikelerle dolu bir yaşamdan, alışık olduğu şeylerin bir daha dönmemek üzere kaybolabileceğinden korkar.

İnsanlar hem her şeyin değişmesini isterler hem de her şeyin hiç değişmeden sürüp gitmesini. Chantal bu çelişkiyi pek anlamazdı, ama şimdi benzer bir durumdan kurtulmak zorundaydı. Belki Bescos'a fazlasıyla bağlıydı, yenilgilere alışmıştı ve zafer kazanma fırsatı, onun için ağır bir yüktü.

Yabancı'yı yanıtsız bırakmasının artık onu bıktırdığına emindi; belki de adam daha o gün, bir başkasını seçmeye karar vermişti bile. Ne var ki genç kadın, kaderini değiştirmeye cesaret edememişti.

Altına dokunmuş olan o eller, şimdi yeniden süpürgeyi, süngeri ve toz bezini tutmak zorundaydılar. Chantal o servete sırtını çevirdi ve köye geri döndü; otelin sahibesi Chantal'ı sabırsız bir ifadeyle bekliyordu, çünkü Chantal ona, otelde kalan tek müşteri uyanmadan barı temizleyeceğine söz vermişti.

Chantal'ın korkuları gerçekleşmedi. Yabancı, köyden ayrılmamıştı, barda oturmuş, her zamankinden de baştan çıkarıcı bir havayla yarısı gerçek yarısı yalan ama hiç değilse hayalinde dolu dolu yaşadığı hikâyeler anlatıyordu. Bu kez de genç kadınla bakışları, yalnızca bardaki müşterilere ısmarladığı içkilerin parasını öderken ilgisizce karşılaştı.

Chantal yorgundu. Herkes erkenden çekip gitse diye dua ediyordu, oysa Yabancı iyice coşmuştu, anlattıklarının sonu gelmiyordu; ötekiler de onu dikkatle, ilgiyle ve taşralıların büyük kentlerden gelenlere, onların daha kültürlü, daha iyi eğitimli, daha zeki ve daha modern olduklarını sandıkları için gösterdikleri kin yüklü saygıyla –boyun eğme demek daha doğru olur– dinliyorlardı.

"Salaklar!" diye düşündü Chantal. "Ne kadar önemli olduklarını anlamıyorlar. Dünyanın neresinde olursa olsun, bir insan çatalını ağzına götürebiliyorsa bunu Bescos'lular gibi sabahtan akşama kadar durup dinlenmeden çalışan, zanaatkâr, çiftçi ya da hayvan yetiştiricisi olan insanlar sayesinde yapabildiğini bilmiyorlar. Bizler büyük kentlerde yaşayanlardan daha gerekliyiz dünyaya, yine de onların karşısında kendimizi aşağı, kompleksli ve işe yaramaz görüyor, öyle hissediyoruz."

Öte yandan Yabancı, kültürlü olmasının, çevresinde toplanmış insanların çalışmasından çok daha değerli olduğunu onlara kanıtlamak istiyordu. Parmağıyla duvarda asılı bir tabloyu işaret etti.

"Bunun ne olduğunu biliyor musunuz? Dünyadaki en ünlü tablolardan biridir: Leonardo da Vinci'nin yaptığı bu tablo, İsa ile On İki Havari'sini son yemekte gösteriyor."

"Ünlü bir tablo olması beni şaşırttı," dedi otelin sahibesi, "çünkü ben onu çok ucuza aldım."

"Bu yalnızca bir röprodüksiyon. Aslı, buranın epey uzağındaki bir kilisede duruyor. Ama bu tablonun bir hikâyesi var, bilmem öğrenmek ister misiniz?"

Bardaki müşteriler başlarını salladılar; Chantal orada bulunmaktan, bu adamın, sırf kendisinin ötekilerden daha bilgili olduğunu göstermek için birtakım saçma şeyler anlatarak böbürlenmesini dinlemek zorunda kalmaktan bir kez daha utanç duydu.

"Bu tabloyu yapmayı düşündüğünde Leonardo da Vinci büyük bir güçlükle karşılaştı. İyi'yi İsa'nın bedeninde, Kötü'yü de İsa'nın arkadaşı olan ve son akşam yemeğinde ona ihanet etmeye karar veren Yahuda'nın bedeninde tasvir etmek zorundaydı. Tabloyu yarım bırakarak bu iki kişiye model olarak kullanabileceği birilerini aramaya başladı.

Bir gün bir koronun verdiği konser sırasında korodakilerden birinin İsa tasvirine çok uygun düştüğünü fark etti. Onu poz vermesi için atölyesine davet etti, sayısız taslak ve eskiz çizdi.

Aradan üç yıl geçti. *Son Akşam Yemeği* neredeyse

tamamlanmıştı, ancak Leonardo da Vinci henüz Yahuda için kullanacağı modeli bulamamıştı. Leonardo'nun çalıştığı kilisenin kardinali, tabloyu bir an önce bitirmesi için ressamı sıkıştırmaya başladı.

Günlerce aradıktan sonra vaktinden önce yaşlanmış genç bir adam buldu, paçavralar içindeki bu adam sarhoşluktan kendinden geçmiş bir durumda kaldırım kenarına yığılmıştı. Leonardo yardımcılarına adamı güçlükle de olsa, doğruca kiliseye taşımalarını söyledi, çünkü artık taslak çizecek zamanı kalmamıştı.

Kiliseye varınca yardımcılar adamı ayağa diktiler. Zavallı, başına gelenleri anlamamıştı; Leonardo bir yandan adamın yüzünde açıkça görünen inançsızlığı, günahı, bencilliği tabloya geçiriyordu.

Leonardo işini bitirdiğinde, o zamana kadar sarhoşluğun etkisinden sıyrılmış olan berduş gözlerini açtı ve duvardaki resmi gördü. Şaşkınlık ve hüzün dolu bir sesle şöyle dedi:

'Ben bu tabloyu daha önce gördüm!'

'Ne zaman?' diye sordu Leonardo da Vinci, o da şaşırmıştı.

'Üç yıl önce, elimde avucumda olanı kaybetmeden önce. O sıralarda bir koroda şarkı söylüyordum, pek çok hayalim vardı; bir ressam beni, İsa'nın yüzü için modellik yapmak üzere davet etmişti.'"

Yabancı uzun bir ara verdi. Birasını içmekte olan rahipten gözlerini ayırmadan konuşmuştu; ama Chantal Yabancı'nın sözlerinin kendisine yönelik olduğunu biliyordu.

"Başka bir deyişle, İyi ile Kötü'nün yüzü aynıdır. Her şey, insanın yoluna ne zaman çıktıklarına bağlıdır."

Yorgun olduğunu söyleyerek ayağa kalkan Yabancı,

bardakileri selamladı ve odasına çıktı. Müşteriler de bardan ayrıldılar, çıkmadan önce de ünlü tablonun ucuza alınmış röprodüksiyonuna bir göz attılar; bir yandan da kendi kendilerine, acaba ne zaman bir şeytan ya da bir melek buralara uğradı, diye soruyorlardı. Yüksek sesle söylemeseler de, mutlaka Ahab, Bescos'un bulunduğu bölgeye huzur getirmeden önce olmuştur bu, diye düşündüler. O gün bugündür Bescos'ta günler hep birbirinin aynı geçiyordu.

5

Ayakta duracak hali kalmayan Chantal bir robot gibi çalışıyordu. Bescos'luların arasında yalnızca kendisinin farklı düşündüğünü biliyordu, çünkü o, Kötü'nün baştan çıkarıcı elinin yüzünü okşadığını hissetmişti. "İyi ile Kötü'nün yüzü aynıdır. Her insanın yoluna ne zaman çıktıklarına bağlıdır." Güzel sözlerdi bunlar, doğruluk payı da vardı mutlaka, ama o sırada Chantal kendini yatağa atmaktan başka bir şey düşünemiyordu.

Müşterilerden birine para üstü verirken hata yaptı, oysa ender olarak yapardı böyle bir hatayı. Rahip ile belediye başkanı gidinceye kadar –genellikle en sona kalırlardı– kendini koyuvermedi Chantal. Onların arkasından kasayı kapattı, eşyalarını aldı, üstüne tam oturmayan ucuz yün hırkasını sırtına geçirdi ve yıllardır yaptığı gibi evinin yolunu tuttu.

Üçüncü gece, Chantal'ı yalnız bırakmamak sırası Kötü'deydi. Ve Kötü, müthiş bir yorgunluk ve yüksek ateş biçiminde gösterdi kendini; bunun sonucu olarak yarı baygın yattı genç kadın, ama uyuyamadı; dışarıda, evin yakınında bir kurt uluyordu. Biraz sonra cinnet geçirdiğini sandı genç kadın, sanki hayvan odasına girmişti ve

Chantal'ın anlamadığı bir dilde onunla konuşuyordu. Bir an kendine geldiğinde, kiliseye gitmek için ayağa kalkmayı denedi Chantal, bir doktor çağırması için rahibe ricada bulunacaktı, çünkü hastaydı, çok hasta. Ancak ayaklarının üzerinde duramıyordu. Bir adım bile atamayacağını anladı.

Yürüyebilseydi bile kiliseye ulaşamazdı.

Ulaşsaydı bile rahip uyanıp giyininceye ve kapıyı açıncaya kadar beklemek zorunda kalır, beklerken soğuk yüzünden ateşi iyice yükselir; hatta kilisenin, kutsal bilinen o mekânın iki adım ötesinde sersefil ölüp giderdi.

"Daha iyi ya, beni mezarlığa taşımak zorunda kalmazlardı, çünkü zaten mezarlığın yanı başında olurdum."

Chantal bütün geceyi sayıklayarak geçirdi, sabahın ilk ışıkları pencereden içeri vururken ateşi düşmeye başladı. Gücünün biraz yerine geldiğini hissedip huzur içinde uyuyacaktı ki Bescos'a gelen ekmek kamyonunun tanıdık kornası kulağında yankılandı: Kahvaltı saati gelmişti.

Aşağıya inip ekmek almasa da olurdu. Özgürdü, istediği kadar odasında kalabilir, tembellik edebilirdi, akşama kadar işe gitmesi gerekmiyordu. Ama Chantal eskisi gibi değildi artık, iyice aklını kaçırmamak için insanlarla bir arada olmalıydı. Yapacak işlerinin, yiyecek ekmeklerinin olacağını bildikleri için yeni bir güne sevinçle başlayan ve küçük, yeşil kamyonetin çevresini sarıp bozuk paralarını uzatan insanların arasında olmak istiyordu.

Chantal aşağı indi, oradakileri selamladı. "Yorgun görünüyorsun," ya da, "Bir şey mi oldu?" diyenler oldu. İnsanlar iyi niyetliydi, güvenilirdi, yardıma hazırdı, eli açık, saf ve iddiasızdılar; oysa Chantal'ın ruhunda, düşler, serüvenler, korku ve iktidar arasında durup dinlenmeyen bir savaş hüküm sürüyordu. Sırrını birileriyle paylaşmayı ne kadar isterdi; oysa bundan bir tek kişiye bile söz etse öğle olmadan köyün yarısı her şeyi öğrenmiş olurdu. Bu yüzden sağlığını soranlara teşekkür etmekle yetindi ve düşüncelerinin düzene girmesini bekledi.

"Bir şeyim yok. Kurdun biri sabaha kadar uludu ve beni uyutmadı."

"Kurt mu? Ben bir şey duymadım," dedi otelin sahibesi; o da oradaydı.

Bardaki küçük dükkânda satılan ürünleri hazırlayan kadın da, "Aylardır buralara kurt inmemişti," dedi. "Avcılar kurtların kökünü neredeyse kuruttular. Ama bu, işlerimize sekte vuracak. Çünkü avcılar, kurt avına bayılırlar. En iri hayvanı kim vuracak, diye de saçma sapan yarışırlar."

"Fırıncı buralardayken ortalıkta artık kurt olmadığını bağıra çağıra söylemeyin lütfen," dedi Chantal'ın patronu, sesini alçaltarak. "Bir duyulursa Bescos'a kimse gelmez."

"Ama ben bir kurt uluması duydum."

"Şu lanetli kurt olmalı," dedi belediye başkanının eşi. Chantal'dan pek hoşlanmazdı ancak duygularını belli etmeyecek kadar iyi terbiye almıştı.

"Lanetli kurt filan yok burada, işte o kadar," diye tısladı otelin sahibesi. "Alelade bir kurttur o, herhalde şimdiye dek ölmüştür bile."

Ama belediye başkanının eşi, "Ne olursa olsun bu gece kurt uluması duyan yok aramızda," dedi. "Bu kızı sabahın körüne kadar çalıştırıyorsunuz, öylesine bitkin düşüyor ki sanrılar görüyor."

Chantal o ikisini tartışırken bıraktı, ekmeğini alıp odasına çıktı.

"Ne kadar saçma bir yarış," diye düşündü; bakkalın karısının söylediği söz aklından çıkmıyordu. Herkes yaşamı öyle görüyordu: saçma bir yarış olarak. İşin kolayına kaçan, ruh yoksulu bu insanlar, gerçekten ciddi bir yarışmaya nasıl girecekler, diye görmek için Yabancı'nın önerisini az daha oracıkta açıklıyordu Chantal. Basit bir suç karşılığında on külçe altın; bu altın, Bescos'luların çocuklarının, torunlarının geleceğini güvenceye alacağı gibi Bescos'un, kurtlar olsun olmasın, yitirdiği görkemli günlerini de geri getirebilirdi.

Ama kendini tuttu Chantal. Öte yandan da hikâyeyi hemen o akşam, barda herkesin önünde anlatmaya karar verdi, böylece hiç kimse olanları duymadım ya da anlamadım, diyemeyecekti. İnsanlar herhalde bir anda Yabancı'nın üzerine çullanacak ve onu alıp dosdoğru polise götüreceklerdi; Chantal da toplum yararına yaptığı işten dolayı ödül olarak altın külçesini kendine alıkoyabilecekti. Ama belki de inanmayacaklardı Chantal'a, bu durumda Yabancı da herkesin iyi insanlar olduğuna inanarak ayrılacaktı oradan; oysa gerçek bu değildi.

Herkes ne kadar kibirli, saf ve koyun gibi. Hiç kimse inanmaya alışmadığı şeylere inanmıyor. Herkes Tanrı'dan korkuyor. Hayatlarını değiştirme fırsatı çıktığı anda herkes –Chantal da– korkaklık ediyor. Oysa "iyilik" diye bir şey yoktur, ne korkakların yaşadığı yeryüzünde ne de bizi kötülükten korusun, diye ömür boyu kendisine yalvarabilmemiz için dünyayı düşüncesizce ıstırapla dolduran yüce Tanrı'nın cennetinde.

Hava soğumuştu; Chantal üç gece peş peşe uykusuz kalmıştı, ama kahvaltısını hazırlarken kendisini her zamankinden iyi hissetti. Tek korkak kendisi değildi. Ötekiler hayatı "saçma bir yarış" olarak niteledikleri ve korkularını yüce gönüllülük sandıkları için, korkaklığının farkına varan tek kişi Chantal olmuştu.

Komşu köydeki bir eczanede çalışmış ve yirmi yıl sonra işinden atılmış olan bir Bescos'luya gitti aklı. Bu adam tazminat bile istememişti; güya eczanenin sahibiyle arkadaştı da bu adam parasal açıdan sıkıntıya düştüğü için işten çıkarıldığında tazminat isteyerek ona zarar vermek istememişti. Palavra! Bu adamın mahkemeye gitmemesinin nedeni korkak olması, ne olursa olsun herkesin kendisini sevmesini istemesiydi; patronu, onun yüce gönüllü ve anlayışlı bir adam olduğunu düşünmeliydi. Daha sonra borç para istemek üzere eski patronuna gittiğinde, adam kapıyı suratına kapatmıştı, "Sen istifa mektubu yazıp imzalamamış mıydın? Benden hiçbir şey koparamazsın!" diyerek.

Hak etmişti bunu. İyi yürekli adam rolü oynamak, yalnızca hayatta tavır almaktan korkanlara özgü bir şeydi. İnsanın, kendinin iyi olduğuna inanması, başkalarına karşı çıkmaktan ve haklarını savunmak için savaşmaktan çok daha kolaydır. Kendinden daha güçlü biriyle savaşmak için cesaret toplamaktansa bir hakareti sessizce kabullenmek de çok daha kolaydır. Üzerimize atılan taş bize isabet etmemiş gibi yapabiliriz, ama geceleri –odamızda yalnız kaldığımızda, odamızı paylaştığımız karımız, kocamız ya da okul arkadaşımız uykuya daldığında– korkaklığımıza sessizce ağlarız.

Chantal kahvesini içerken o günün çabucak sona ermesini diledi. Akşam olduğunda köyün canına okuyacak, Bescos'un işini bitirecekti. Zaten o köyün haritadan silinmesi uzun sürmezdi, çocuk olmayan bir yerin varlığını sürdürmesi olanaksızdı. Artık gençler çocuklarını ülkenin başka kentlerinde, şenliklerin, güzel giysilerin, yolculukların, şu "saçma yarış"ın bulunduğu yerlerde dünyaya getiriyorlardı.

Ama gün hiç de çabuk geçmedi. Alçak bulutlarla yüklü karanlık hava, saatleri uzattıkça uzattı. Sis yüzünden dağlar bulutların gerisinde görünmez olmuştu, köy sanki dünyadan soyutlanmış, kendi içinde kaybolmuştu, sanki dünyada o köy dışında insanlı yer yoktu. Pencereden bakan Chantal, Yabancı'nın otelden çıktığını, her sabah olduğu gibi dağlara doğru yola koyulduğunu gördü. Altını düşününce kaygılandı genç kadın, ama sonra yatıştı. Yabancı geri dönecekti, bir haftalık otel parasını peşin ödemişti. Varlıklı insanlar, beş kuruşun değerini bile bilirlerdi; bilmeyenler yalnızca yoksullardı.

Kitap okumaya çalıştı ama bir türlü dikkatini toplayamadı. Çıkıp Bescos'ta dolaşmaya karar verdi; gezinirken sabah akşam evinin önünde oturup neler olup bitiyor diye gözleyen yaşlı dul Berta'dan başkasına rastlamadı.

"Hava daha da soğuyacağa benziyor," dedi Berta.

Chantal, acaba havanın nasıl olduğu işsiz güçsüz insanları neden bu kadar ilgilendirir, diye düşündü. Sonra Berta'ya başıyla, evet, dedi.

Chantal orada oyalanmadı, çünkü Bescos'ta yaşadığı onca yıl boyunca, konuşacak ne varsa konuşmuştu Berta'yla. Berta'nın ilginç, yürekli bir kadın olduğunu düşündüğü zamanlar olmuştu; kocasının bir av kazasında ölümünden sonra Berta kendini koyuvermemiş, hayatını düzene sokmayı becermiş, hatta elindeki üç-beş parça eşyanın bir kısmını satıp parasını sigortadan aldığı tazminatla birleştirerek bir kenara koymuş, elde ettiği faizle geçinmeyi başarmıştı.

Zamanla Chantal artık o dul kadınla ilgilenmez olmuştu; o kadın, Chantal'ın ne pahasına olursa olsun uzak durmak istediği bir geleceğin simgesi haline gelmişti. Chantal akşamlarını, Berta gibi evinin önündeki bir iskemlede oturarak geçirmeyi, kışları kalın bir hırkaya sarınarak en ufak bir ilginçliği, önemi ya da güzelliği bulunmasa da hayatında gördüğü tek manzarayı seyrederek kalmayı asla istemiyordu.

Her bir patikasını, ağacını ve taşını tanıdığı, sisle kaplı ormana, yolunu kaybetmekten korkmadan girdi. O akşam geçireceği heyecanlı dakikaları gözünde canlandırdı, Yabancı'nın yaptığı teklifi nasıl anlatacağının provasını yaptı. Kâh duyduğu ve gördüğü her şeyi santimi santimine anlatıyor, kâh üç gündür kendisini uykusuz bırakan Yabancı'nın üslubuna öykünerek uydurma mı gerçek mi olduğu belli olmayan bir öykü buluyordu.

"Tehlikeli bir adam, tanıdığım bütün avcılardan çok daha tehlikeli."

Chantal ormanda yürürken Yabancı'dan daha tehlikeli birini keşfetmiş olduğunu anladı birden: kendisini. Daha dört gün önce, her şeyi nasıl da olduğu gibi kabul ettiğinin farkında değildi. Kim olduğunun, gelecekten ne bekleyebileceğinin, Bescos'ta yaşamayı hiç de öyle dayanılmaz bulmadığının farkında değildi. Buralara "küçük cennet" diyen turistlerin her yaz Bescos'a doluşması da hoşuna gidiyordu.

Şimdiyse canavarlar mezarlarından çıkıyor, Chantal'ın gecelerini karartıyor, onun kendisini mutsuz, haksızlığa uğramış, Tanrı ve kader tarafından yüzüstü bırakılmış hissetmesine neden oluyorlardı. Daha da kötüsü, içini kemiren kederi, gece ya da gündüz, ormandayken ya da işteyken, insanlarla seyrek buluşmalarında ve yalnız geçen dakikalarında görmeye zorluyorlardı Chantal'ı.

"Tanrı, bu adamın belasını versin. Benim yoluma çıksın diye onu zorladığım için benim de belamı versin."

Köye dönerken yaşamının her dakikasından pişmanlık duydu, bu kadar erken öldüğü için annesine, kendisine iyiliği ve dürüstlüğü öğrettiği için büyükannesine, çekip gittikleri için arkadaşlarına, kendisine yardımcı olmadığı için kaderine lanet etti.

Berta hâlâ aynı yerde oturuyordu.

"Bu ne telaş böyle," dedi. "Biraz yanıma otur da soluklan."

Chantal, kadının davetini kabul etti. Zamanın çabuk geçmesine yardımcı olmak için elinden geleni yapardı.

"Köy nedense farklı," dedi Berta. "Havada yeni bir şeyler var. Dün bir kurt uluması işittim."

Genç kadının içi rahatladı. Lanetli olsun ya da olmasın, bu gece bir kurt ulumuştu, kendisi dışında en az bir kişi daha duymuştu ulumayı.

"Burası asla değişmez," diye yanıtladı Berta'yı. "Yalnızca mevsimler değişir; kışın gelmesine az kaldı."

"Hayır. Bunun Yabancı'nın gelişiyle bir ilgisi var."

Chantal soluğunu tuttu. Yabancı, birisiyle daha mı konuşmuştu?

"Yabancı'nın gelişinin Bescos'la ne ilgisi var?"

"Günlerimi doğayı seyretmekle geçiriyorum. Bunun zaman kaybı olduğunu düşünenler var. Ama ben sevdiğim insanın kaybını ancak bu yolla unutabildim. Mevsimler gelip geçer, ağaçların yaprakları dökülür, sonra yeniden yeşerir. Yine de ara sıra beklenmedik bir şey mutlak değişiklikler getirir. Etrafımızdaki dağların binlerce yıl önce meydana gelen bir depremin sonunda ortaya çıktığını söylemişlerdi bana."

Genç kadın başını salladı. Okulda o da öğrenmişti bunu.

"Ondan sonra hiçbir şey eskisi gibi olmadı. Yeniden böyle bir şey olur, diye korkuyorum."

Chantal az daha altın külçelerinden söz edecekti, yaşlı kadının bu konuda bir şeyler bildiğini hissediyordu. Dilinin ucuna kadar geldi ama ağzını açmadı.

"Aklıma hep Ahab geliyor, büyük reformcumuz, kahramanımız, Aziz Savinus'un kutsadığı adam."

"Neden Ahab?"

"Çünkü o, iyi niyetle yapılmış da olsa küçücük bir ayrıntının her şeyi mahvedebileceğini biliyordu. Kenti huzura kavuşturduktan, işe yaramaz kişileri kovduktan ve Bescos'ta çiftçiliği ve ticareti çağdaşlaştırdıktan sonra bir akşam dostlarını akşam yemeğine çağırıp onlara yumuşacık bir et kızartmak istemiş Ahab. Ama birden tuzu kalmadığını fark etmiş. Oğlunu yanına çağırmış.

'Köye git de tuz al. Ama gerçek bedelini öde. Ne daha az ne de daha fazla.'

Oğlu şaşırmış.

'Fazla ödememem gerektiğini anlıyorum baba, ama pazarlık edebileceksem neden paradan biraz tasarruf etmeyeyim ki?'

'Büyük kentlerde böyle yapabilirsin. Ama bizimki gibi bir köyde bu çok çirkin bir şey olur.'

Oğlan başka soru sormayıp gitmiş. Bu konuşmaya tanık olan konuklar oğlanın tuzu neden daha ucuza almaması gerektiğini öğrenmek istemişler.

Ahab da bunun üzerine, 'Tuzu ucuza satanın acilen paraya ihtiyacı var demektir,' demiş. 'Bu durumdan yararlanan kişi, bir şey üretmek için alnından ter akıtarak çalışmış olan adama saygısızlık etmiş olur.'

'Ama bir tutam tuzun köye ne zararı olabilir ki?'

'Dünya kurulduğunda haksızlık da bir tutamdı. Ama her yeni kuşak, ne önemi var, diye düşünerek biraz biraz üstüne ekledi, görün bakın şimdi ne durumdayız.'"

"Tıpkı şu Yabancı gibi," dedi Chantal, Berta'nın da Yabancı'yla konuştum diyeceğini umuyordu. Ama Berta sustu.

"Bescos'u kurtarmak Ahab için neden bu kadar önemliydi bilmem," diye ısrar etti Chantal. "Önce haydut yuvasıydı burası, şimdi de ödleklerle dolu bir köy."

Yaşlı kadın mutlaka bir şeyler biliyordu. Yabancı Berta'ya bir şeyler anlatmış olabilirdi ve Berta bunların ne olduğunu öğrenmeliydi.

"Haklısın. Ama bunun adına gerçekten ödleklik mi denir, bilmiyorum. Bence değişiklikten ürküyor herkes. Bescos'un olduğu gibi kalmasını istiyorlar. Tarlalarını sürüp hayvan yetiştirebilecekleri, avcıları ve turistleri ağırlayan, ertesi günün neler getireceğini herkesin başından sonuna kadar bildiği, önceden bilinmeyen tek şeyin hava koşulları olduğu bir yer. Belki huzura kavuşmanın bir yolu da budur; ancak bir noktada seninle aynı görüşteyim: Herkes her şeyi denetim altında tuttuğunu sanıyor ama aslında böyle bir şey yok."

"Hiçbir şey onların denetiminde değil," diye kadını doğruladı Chantal.

"Alnımızda yazılı olana bir tek harf bile ekleyemeyiz," dedi Berta, Evanjeliklerin Kutsal Kitap'ından alıntı yaparak. "Ama kendimizi güvende hissettirdiği için bu yanılsamayla yaşamayı severiz.

Sonunda bu da bir tür seçim! Hayatın içindeki değişikliklere hazırlıklı olmamızı engelleyen sahte bir güvenliğe sığınarak dünyayı denetim altında tutacağımıza inanmak budalaca olsa da. En hazırlıksız olduğumuz zamanda bir deprem dağları yıkar; çiçek açan bir ağaca yıldırım düşer, bir av kazası namuslu bir adamın yaşamına son verir."

Berta, kocasının nasıl öldüğünü yüzüncü kez anlattı. Kocası, o yörenin en saygın rehberlerinden biriydi; avcılığı barbarca bir spor olarak değil, sahip çıkılması gereken bir gelenek olarak görüyordu. Bescos'taki doğal park onun sayesinde kurulmuştu, onun çabalarıyla belediye başkanı, cinsi azalmakta olan hayvanları koruma amacıyla yasalar koymuştu; vurulan her hayvan için bir vergi kesiliyor ve bu para toplum yararına işlerde kullanılıyordu.

Berta'nın kocası –kimileri için vahşi, kimileri için de ata sporu sayılan– avcılık yoluyla avcılara yaşam sanatı hakkında bir şeyler öğretmeye çalışıyordu. Cebi şişkin ama acemi biri ondan yardım almak istediği zaman adamı alıp ıssız bir yere götürüyordu. Orada boş bir kutuyu bir taşın üzerine yerleştiriyor, sonra da elli metre geriye çekilip kutuyu bir atışta deviriyordu.

"Dünyanın en iyi nişancısı benim," diyordu. "Şimdi de size, benim kadar iyi atış yapmayı öğreteceğim."

Kutuyu yeniden taşın üzerine koyuyor, yerine dönüyor, cebinden bir mendil çıkarıp yanındakilere benim gözümü bağlayın, diyordu. Sonra nişan alıp yeniden ateş ediyordu.

"İsabet ettirdim mi?" diye soruyordu gözbağını çözerken.

"Elbette ettirmediniz," diyordu acemi çaylak, karşısında böbürlenen öğretmen küçük düştü diye sevinerek. "Kurşun hedefin metrelerce uzağından geçti. Bana bir şey öğretebileceğinizi hiç sanmam."

O zaman Berta'nın kocası, "Ben size hayatınızın en önemli dersini verdim," diyordu. "Bir şey elde etmek istiyorsanız gözünüzü hiç kapamamalısınız, bütün dikkatinizi hedefinizde toplamalı ve ne istediğinizden emin olmalısınız. Kapalı gözlerle hiç kimse hedefine ulaşamaz."

Berta'nın kocası bir keresinde, kutuyu ilk atıştan sonra yerine koymak üzereyken, acemilerden biri kendisinin hedefi tutturacağını oracıkta kanıtlamak istedi. Berta'nın kocası yerine dönmeden ateş etti ve yaşlı adamı boynundan vurdu Âdem; avcı dikkatini hedefin üzerinde toplama konusundaki mükemmel dersi kaçırmıştı.

"Gitmeliyim," dedi Chantal. "İşe gitmeden önce yapmam gereken şeyler var."

Berta ona iyi günler diledi ve kilisenin yanındaki sokakta gözden kayboluncaya kadar arkasından baktı. Kapının önünde oturup ve dağlara, bulutlara bakarak, ölmüş kocasıyla kafasının içinde konuşarak geçirdiği yıllar, ona insanları "görme"yi öğretmişti. Sözcük dağarcığı sınırlıydı, insanlara bakınca içinde uyanan değişik duyguları sözcüklere dökemediği çok oluyordu, yine de başkalarını "fark ediyor", duygularını tanıyordu.

Her şey, büyük ve biricik aşkının mezara girmesiyle birlikte başlamıştı. Ağlayarak mezarın başında dururken çocuğun biri –komşunun oğluydu bu, şimdi artık büyümüştü, kilometrelerce uzakta yaşıyordu– neden ağladığını sormuştu ona.

Berta, ölümden ve ayrılmaktan söz ederek çocuğu ürkütmek istememişti. Ona yalnızca kocasının gitmiş olduğunu ve belki de uzun bir süre Bescos'a geri dönmeyeceğini söylemekle yetinmişti.

"Bence yanılıyorsunuz," demişti çocuk. "Ben onu az önce gördüm. Mezarlardan birinin arkasına saklanmış gülümsüyordu, elinde bir çorba kaşığı vardı."

Çocuğun annesi bu sözleri duyunca onu sertçe azarlamıştı. "Çocuklar hep böyle hayal görürler," deyip Berta'dan özür dilemişti. Berta ağlamasını hemen kesmiş ve çocuğun işaret ettiği yöne bakmıştı. Kocasının, çorbayı hep aynı kaşıkla içme saplantısı vardı, bu da Berta'yı kızdırırdı, onun gözünde bütün kaşıklar birbirinin aynıydı ve aynı miktarda çorba alabilirlerdi. Kocası ise kendi kaşığını kullanmakta ısrar ederdi. Berta kocasını deli sanırlar, diye bu olayı kimseye anlatmamıştı.

Çocuk, Berta'nın kocasını gerçekten görmüştü. Kaşık bunun kanıtıydı. Çocuklar bazı şeyleri "görürdü". Kocasını, ruh olarak bile olsa, geri almak, onunla konuşabilmek için Berta da "görmeyi" öğrenmek istedi.

Başlangıçta eve kapandı, dışarı pek çıkmaz oldu, kocasını karşısında görebilmeyi umuyordu. Günün birinde bir önsezi düştü içine. Kapının önüne çıkıp insanlara bakmalıydı. Daha neşeli bir hayat sürmesini, evinin dışında olup bitenlere daha çok katılmasını kocasının istediğini hissedebiliyordu.

Sandalyesini sokak kapısının önüne koyup dağları seyretti. Bescos'un sokaklarında pek gezinen olmazdı, ama aynı gün yakındaki köye giden bir komşusu geri döndüğünde pazarda çok ucuza çatal kaşık satıldığını anlattı, sözlerini kanıtlamak için de cebinden bir kaşık çıkardı.

Berta kocasını bir daha asla göremeyeceğini anlamıştı. Kocası, onun köye göz kulak olmasını istiyordu, o da bu isteği yerine getirecekti. Zamanla sol tarafında birinin varlığını hissetmeye başladı, kocasının orada olduğuna, ona eşlik ettiğine, onu tehlikelerden koruduğuna emin oldu, ayrıca başkalarının fark etmedikleri şeyler de gösteriyordu Berta'ya, örneğin iletiler taşıyan bulutların biçimlerini. Yanı başındaki bu varlığın yüzünü görmek isteyip de göremeyince kederleniyordu Berta elbette. Ancak sonraları, sezgilerini kullanarak kocasıyla konuşabildiğini fark etti, böylece o ikisi akla gelen her konuda uzun uzun konuşmaya başladılar.

Üç yıl sonra Berta artık insanların duygularını "görmeye", kocasının öğütlerini "işitmeye" başlamıştı, bu öğütler çok işine yarıyordu: Sigorta şirketi, verdiği emekli aylığını düşürmeye kalkarsa buna karşı koy, diyordu kocası ya da banka iflas etmeden parasını çekmesini öğütlüyordu; sonradan, o yöredeki herkesin binbir güçlükle biriktirdiği paraları da batırarak iflas etmişti banka.

Bir sabah –hangi sabah olduğunu artık bilmiyordu– kocası Berta'ya Bescos'un mahvolabileceğini söyledi. Berta'nın aklına hemen deprem olacağı, yeryüzünde yeni dağların oluşacağı geldi; ama kocası, en az bin yıl böyle şeyler olmayacağını söyleyerek onu yatıştırdı. Başka tür yıkımdı bu, kendisi de ne olacağını tam olarak bilemiyordu ama çok kaygılanıyordu. Karısına dikkatli olmasını tembihledi, ne de olsa burası onun da köyüydü, oradan çok erken ayrılmak zorunda kalmış olsa da dünyada en çok sevdiği yerdi.

Berta o günden sonra insanlara, bulutların biçimlerine, gelip giden avcılara daha da dikkatle bakmaya başladı; ama kimseye kötülüğü dokunmamış bir köyü, birisinin gizli gizli tahrip etmeye hazırlandığını gösteren hiçbir belirti yoktu. Ne var ki Berta'nın kocası işin peşini bırakmadı, karısına sürekli dikkatli olmasını söyledi, Berta da onu dinledi.

Berta, üç gün önce Yabancı'nın, yanında bir şeytanla Bescos'a geldiğini görünce bekleyişinin sona erdiğini sezdi. Bugün bu genç kadının yanında da bir şeytan ve bir melek görmüştü. Bu iki olayın arasında hemen bir bağ kuran Berta, köyde ilginç bir şeyler olduğunu anladı.

Berta kendi kendine gülümsedi, sol yanına baktı ve oraya gizlice bir öpücük gönderdi. Yo, Berta işe yaramaz yaşlının teki değildi. Yapacak önemli bir işi vardı. Nasıl bir önlem alacağını tam olarak bilemese de doğduğu köyü kurtaracaktı.

Chantal yaşlı kadını düşünceleriyle baş başa bırakıp evine gitti. Bescos'lular, Berta'nın yaşlı bir cadı olduğunu söylerlerdi. Onun, evine kapanıp geçirdiği bir yıl boyunca kara büyü öğrenmiş olduğunu fısıldıyorlardı birbirlerine. Chantal bir keresinde onlara, Berta'ya bunu kimin öğrettiğini sorduğunda, şeytanın bizzat kendisinin geceleri gelmiş olduğunu anlatmışlardı. Berta'nın, annesiyle babasından öğrendiği sözcüklerle bir Kelt rahibinin ruhunu çağırdığını söyleyenler de vardı. Ama bütün bunları kendine dert edinen yoktu. Berta zararsız biriydi, her zaman da güzel öyküler anlatırdı.

Berta aynı öyküleri tekrarlayıp dursa da kimsenin itirazı olmuyordu. Chantal birden, eli kapının tokmağında kalakaldı. Berta'nın kocasının nasıl öldüğünü defalarca dinlemişti, ama bu öyküden kendisine önemli bir ders çıkarabileceğinin şimdi farkına varmıştı. Ormandaki gezintisini hatırladı, yoluna kim ve ne çıkarsa çıksın –Bescos, Bescos'lular, onların çocukları, hatta kendisi– içinde kabaran nefreti hatırladı.

Ama bu nefretin asıl hedefi, Yabancı'ydı. Dikkatini toplamalı, ateş etmeli, avını vurmalıydı. Bunun için bir plana ihtiyacı vardı Chantal'ın; bu gece her şeyi anlatması budalalık olurdu, o zaman olay kendi denetiminden çıkardı. Yabancı'yla karşılaşmasını anlatmayı bir gün sonraya erteledi; belki de Bescos'lulara bundan hiç söz etmezdi.

6

Akşam, Yabancı her zaman yaptığı gibi bardaki müşterilere ısmarladığı içkilerin parasını öderken Chantal'ın eline gizlice bir kâğıt tutuşturdu. Chantal onun kendisine soran gözlerle baktığını fark ettiyse de kâğıdı hiç istifini bozmadan cebine soktu. Sanki oyun şimdi tersine dönmüştü. Şimdi üstün taraf Chantal idi, düellonun yerini de saatini de o belirliyordu. Usta avcılar da böyle yapar; av kendilerine gelsin, diye koşulları belirlerlerdi.

Nedense o gece artık iyi bir uyku çekeceğinden emin olarak odasına döndüğünde cebindeki kâğıdı çıkarıp açtı. Yabancı, ilk karşılaştıkları yerde buluşmayı öneriyordu. Ayrıca, Chantal'la baş başa görüşmeyi yeğlediğini de eklemişti. Ancak, eğer Chantal isterse herkesin önünde de konuşabilirlerdi.

Chantal bu sözlerin altında yatan gizli tehdidin farkındaydı ama bu kâğıdı almak onu korkutmamış; tam tersine memnun etmişti. Bu sözler, Yabancı'nın denetimi elinden kaçırmakta olduğunu kanıtlıyordu, çünkü tehlikeli erkekler ve kadınlar böyle bir şeyi asla yapmazlardı. Bescos'a barış getiren büyük Ahab şöyle derdi:

İki tür ahmak vardır: tehdit edildikleri için bir şey

yapmayanlar ve tehdit edildikleri için bir şey yapmak zorunda olduklarına inananlar.

Chantal kâğıdı küçük parçalara ayırdı, tuvalete attı ve sifonu çekti. Sonra sıcak bir banyo yapıp keyifle yatağına girdi. İstediğini tam olarak elde etmişti işte. Baş başa görüşebilmek için Yabancı'yla tekrar buluşacaktı. Onu alt etmek istiyorsa daha yakından tanımalıydı.

Chantal hemen uykuya daldı; derin, dinlendirici, rahatlatıcı bir uykuydu bu. Bir geceyi İyi'yle, bir geceyi İyi ve Kötü'yle, bir geceyi de Kötü'yle geçirmişti. Her ikisi de Chantal'ı kendi tarafına çekememişti, ama her ikisi de Chantal'ın ruhunda varlıklarını sürdürüyordu; kimin daha güçlü olduğunu kanıtlamak amacıyla orada birbirleriyle savaşmaya başlamışlardı.

7

Yabancı, derenin kıyısına vardığında, fırtınayla karışık yağmur başlamış, Chantal iliklerine kadar ıslanmıştı.

"Bu kez havadan söz etmeyeceğiz," dedi Chantal. "Gördüğünüz gibi yağmur yağıyor. Daha rahat konuşabileceğimiz bir yer biliyorum."

Chantal ayağa kalktı, yelken bezinden yapılma, uzunca bir torbaya uzattı elini.

"O torbada bir silah var," dedi Yabancı.

"Evet."

"Beni öldürmek istiyorsunuz."

"Evet. Başarıp başaramayacağımı bilmiyorum ama bunu çok istiyorum. Ama bu silahı yanıma almamın nedeni başka. Belki lanetli kurda rastlarım da onu vururum, böylece Bescos'ta saygınlığım artar. Dün onun uluduğunu duymuştum, ama bana inanan olmadı."

"Lanetli kurt da nedir?"

Düşmanı olan bu adama açılıp açılmamakta tereddüt etti Chantal. O sırada aklına Japon dövüş sanatıyla ilgili bir kitap geldi; Chantal müşterilerin otelde unuttukları kitapları, hangi konuda olursa olsun, okurdu hep, çünkü kendisi kitap için para harcamayı sevmezdi. Bu kitapta, hasmınızı zayıf düşürmenin en iyi yolunun, onun tarafında olduğunuza hasmınızı inandırmak olduğunu okumuştu.

Rüzgâr ve yağmurun altında yürürlerken Chantal ona hikâyeyi anlattı. İki yıl önce Bescos'lu bir adam, daha doğrusu köyün demircisi, bir gezinti sırasında yanında yavruları olan bir kurtla karşılaşmıştı. Korkudan ödü patlayan adam, bir dal koparıp bununla hayvana vurmuştu. Aslında kurt kaçardı ama yanında yavruları olduğu için adama saldırıp bacağını ısırmıştı. Mesleği gereği gücü yerinde olan demirci hayvanı öyle bir dövmüştü ki hayvan geri çekilmek zorunda kalmıştı. Sonra da yavrularını alıp ormana çekilmiş, bir daha da onu gören olmamıştı. Kurt hakkında bilinen tek şey, kulağının arkasında beyaz bir leke olduğuydu.

"Neden lanetli?"

"En vahşi hayvanlar bile, genellikle kimseye saldırmazlar, ama bu olayda olduğu gibi yavrularını korumak zorunda kalırlarsa saldırırlar. Ancak bir kez saldırıp da insan kanının tadını alınca tehlikeli olurlar. Daha da fazlasını ister ve zamanla tam anlamıyla birer katile dönüşürler. Herkes bu kurdun günün birinde yeniden birine saldıracağına inanıyor."

"Bu benim öyküm," diye düşündü Yabancı.

Chantal olabildiğince hızlı yürüyordu, Yabancı'dan daha genç ve daha formdaydı, kendisine eşlik eden adamı yormak ve mahcup etmek için kendi psikolojik avantajından yararlanmak istiyordu. Oysa Yabancı, Chantal'ın adımlarına ayak uydurdu. Biraz soluğu kesilse de yol boyunca Chantal'dan yavaşlamasını istemedi.

Avcıların barınak olarak kullandığı küçük, çevreden görülmeyen yeşil bir naylon çadıra ulaştılar. İçine girip oturdular, soğuktan donmuş ellerini ovuşturup soluklarıyla ısıttılar.

"Ne istiyorsunuz?" diye sordu Chantal. "O kâğıdı neden verdiniz bana?"

"Size bir bilmece soracağım: Hayatımızın günleri içinde asla gelmeyecek olanı hangisidir?"

Yanıt gelmedi. "Yarındır," dedi Yabancı. "Bana kalırsa siz yarın olmayacak sanıyor ve sizden istediğim şeyi hep erteliyorsunuz. Bir hafta sona ermek üzere. Siz bir şey söylemeyecekseniz, ben ele alacağım bu işi."

Chantal barınaktan çıktı, güvenli bir mesafede durdu, yelken bezinden torbasını açtı, içinden silahı çıkardı. Yabancı silahı görmemiş gibiydi.

"Altını ellediniz," dedi Yabancı. "Günün birinde bu yaşadıklarınız üzerine bir kitap yazacak olsaydınız, bin bir güçlük çeken, hayatın ve insanların yaptığı haksızlıklarla başa çıkmaya çalışan, çocuklarını doyurmak ve okula gönderebilmek için mücadele eden okurlarınızın çoğunluğu, sizin altını alıp kaçmanızı mı isterdi sanıyorsunuz?"

"Bilmiyorum," dedi Chantal ve namluya bir kurşun sürdü.

"Ben de bilmiyorum. Beklediğim yanıt da bu."

Silaha ikinci kurşun da yerleştirildi.

"Siz beni öldürmeye hazırsınız, kurdun peşindeyim, filan diyerek beni kandırmaya çalışmayın. Aslında, kendime sorduğum sorunun yanıtını vermiş oluyorsunuz: İnsanın özü kötüdür, taşranın bir köşesindeki basit bir garson kız, para uğruna suç işlemeye hazırdır. Öleceğim, ama artık sorumun yanıtını biliyorum, huzur içinde öleceğim."

"Alın!" Chantal silahı Yabancı'ya uzattı. "Alın işte! Benim şu anda bildiklerimi başka kimse bilmiyor. Otel kayıtlarındaki bütün bilgiler sahte. Ne zaman isterseniz gidebilirsiniz. Doğru anladıysam dünyanın neresine olursa olsun gidebilecek paranız var. Usta bir nişancı olmasanız da önemi yok. Silahı bana doğrultup tetiğe basmanız yeterli. Kurşun küçük saçmalardan oluşuyor, namludan çıkar çıkmaz parçacıklar koni biçiminde dağılıyorlar. Bununla kuşları ve insanları vurabilirsiniz. Bedenimin delik deşik oluşunu görmek istemiyorsanız başka tarafa bakabilirsiniz."

Adam parmağını tetiğe koydu, Chantal'a nişan aldı, onun silahı bir profesyonel gibi doğru tuttuğunu gören genç kadın şaşırdı. Uzunca bir süre böyle kaldılar, adamın eli titrerse ya da ansızın ortaya çıkabilecek bir hayvandan ürkerse, parmağının kıpırdayacağını ve silahın ateş alacağını biliyordu Chantal. Tam o anda, davranışının ne kadar çocukça olduğunu anladı; başkalarından istediği şeyi kendisinin yapamayacağını söyleyerek, salt kışkırtmış olmak için neden meydan okuyordu ki o adama?

Yabancı taş kesilmiş gibiydi, namluyu Chantal'a doğrultmuştu, gözlerini kırpmıyor, elleri titremiyordu. Artık çok geçti, oysa kendisine bunca meydan okuyan bu genç kadının işini bitirmek hiç de fena olmayacaktı. Chantal, adama kendisini bağışlamasını söylemek için ağzını açtı, ama daha o hiçbir şey söyleyemeden Yabancı silahı yere indirdi.

"Korkunuz elle tutulur gibi belli," dedi ve silahı Chantal'a geri verdi. "Yağmur silse bile, bedeninizden fışkıran korku terinin kokusu geliyor burnuma. Rüzgâr ağaçları korkunç bir gürültüyle sarssa da yüreğinizin atışlarını boynunuzda görebiliyorum."

"Benden istediğinizi yerine getireceğim," dedi Chantal. Yabancı'nın az önce söylediğini duymazlıktan gelmişti, çünkü o adam Chantal'ın ruhunu okumuştu. "Ne de olsa, nasıl bir yaradılışınız olduğunu öğrenmek, iyi mi yoksa kötü biri mi olduğunuzu bilmek için geldiniz Bescos'a. En azından size bir şey göstermiş oldum: Tetiğe basabilirdiniz, ama basmadınız. Neden olduğunu biliyor musunuz? Siz bir korkaksınız da ondan. Kendi sorunlarınızı kendiniz çözemiyor, bunun için başkalarını kullanıyorsunuz."

"Bir Alman filozof bir zamanlar şöyle demiş: 'Tanrı' nın bile bir cehennemi vardır: insanlara duyduğu sevgi.' Hayır, ben korkak değilim. Bundan çok daha berbat silahların tetiğine bastım ya da daha doğrusu bundan çok daha iyi silahlar ürettim ve bütün dünyaya gönderdim. Çalışmalarım yasaldı, hükümetten aldığım izinle, ihracat belgeleriyle, satış vergileriyle filan gerçekleştirdim işimi. Sevdiğim kadınla evlendim, iki harika kızım oldu; ondan, şirketimden bir tek kuruş bile kaçırmadım ve her zaman hakkım neyse onu istedim.

Siz, kaderin elinde oyuncak olduğunuzu düşünüyorsunuz, bense sizden farklıyım, ben hep eylem adamı oldum, güçlüklerle savaşabildim, kimi savaşları kaybettim, kimilerini kazandım, ama aynı zamanda zaferlerin de yenilgilerin de herkesin yaşamının bir parçası olduğunu anlayabildim; korkakların yaşamının değil ama, sizin söylediğiniz gibi, onlar asla kazanmaz ve asla kaybetmezler.

Çok okudum, kiliseye gittim, Tanrı'ya inanır, onun emirlerine saygı gösterirdim. Çok tanınmış bir sanayiciydim, çok büyük bir işletmenin başındaydım. Ayrıca, her yaptığımız iş üzerinden komisyon aldığımdan yalnızca karıma ve iki kızıma değil, torunlarıma ve torunlarımın torunlarına da yetecek para kazandım. Çünkü silah ticareti, dünyadaki en kazançlı işlerden biridir. Sattığım her parçanın değerini bildiğimden işleri bizzat kontrol ediyordum. Birkaç kez suistimaller oldu; suçluları işten attım, kuşku duyduğum sözleşmeleri iptal ettim. Benim silahlarım düzenin korunması için üretiliyordu, çünkü ancak onlar sayesinde gelişilebileceğine ve dünyanın ayakta kalabileceğine inanıyordum."

Yabancı, Chantal'a yaklaştı, omuzlarından tutarak gözlerine bakmasını sağladı, doğruyu söylediğini kızın anlamasını istiyordu.

"Belki de dünyada silah tüccarlarından daha kötüsü olmadığını düşünüyorsunuzdur. Kuşkusuz haklısınız. Ama taş devrinden beri gerçek olan bir şey var: İnsan silahtan yararlanır; ilk başlarda hayvanları öldürmekte yararlandı, sonra da başkalarını egemenliği altına almak için. Dünya tarım olmadan, hayvan yetiştirmeden, dinsiz, müziksiz var olabilir, ama silah olmadan asla."

Yerden bir taş alıp elinde tarttı.

"Bakın, işte ilk silah! Tarihöncesi çağlarda hayvanların saldırılarına karşılık vermek zorunda olanlar için tabiat anamız bolca sağlamış bu silahı. Bunun gibi bir taş, mutlaka bir adamı kurtarmıştır ve bu adam pek çok kuşak sonra bizim –sizin ve benim– dünyaya gelmemize olanak sağlamıştır. O taş olmasaydı et yiyen bir canavar o adamı yutar ve yüz milyonlarca kişi doğmamış olurdu."

Rüzgâr yeniden esmeye başladı, yağmur hızlandı ama ikisinin gözleri birbirinden ayrılmadı.

"Pek çok insan avcıları eleştirir, ama avcılar sayesinde karnı doyduğu için Bescos onları bağrına basar; insanlar arenadaki boğalardan hiç hoşlanmasalar da hayvanların uygun bir biçimde öldükleri gerekçesiyle kasaba gidip et satın alırlar; pek çok insan da silah tüccarlarını eleştirir, ama dünyada bir tek silah olsa bile silah tüccarları varlıklarını sürdürecektir. Çünkü bir silah varsa başkaları da olacaktır, yoksa denge tehlikeli bir biçimde bozulabilir."

"Bunun benim köyümle ne ilgisi var?" diye sordu Chantal. "Bunun kutsal emirlerin çiğnenmesiyle, suç işlemekle, hırsızlıkla, insanın yaradılışıyla, iyiyle ve kötüyle ne ilgisi var?"

Yabancı'nın gözleri buğulandı, ansızın üzerine derin bir hüzün çökmüş gibiydi.

"İlk başta size söylediğimi hatırlayın. Ben işlerimi hep yasalara uygun biçimde yapmaya çalıştım, kendimi 'dürüst adam' dedikleri türden biri olarak gördüm. Bir gün büromdayken bir telefon geldi. Tatlı ama duygudan yoksun bir kadın sesi bana, üyesi olduğu terörist grubun karım ve kızlarımı kaçırdığını bildiriyordu. Onlara sağlayabileceğim bir şeyden inanılmaz miktarlarda istiyordu: silah. Kadın bu konuşmadan kimseye söz etmememi söyledi, bana verilecek talimatları yerine getirirsem ailemin başına kötü bir şey gelmeyeceğini belirtti.

Kadın yarım saat sonra yeniden arayacağını söyleyerek garın yanındaki bir telefon kulübesinde beklememi istedi, sonra telefonu kapattı. Oraya gittim; aynı ses bana kaygılanmama neden olmadığını, karım ve kızlarıma iyi davranıldığını ve kısa süre sonra özgür bırakılacaklarını anlatarak, yabancı bir ülkedeki şubelerimizden birine bir elektronik posta göndermemin yeterli olacağını söyledi. Aslında bir hırsızlık söz konusu değildi, sahte bir satış denebilirdi, çalıştığım şirkette kimse farkına varmadan gerçekleştirilebilirdi bu işlem.

Ama yasalara uymaya alışkın ve yasalar tarafından korunduğunu hisseden iyi bir vatandaş olarak, telefon kulübesine gitmeden önce yaptığım ilk iş polise haber vermek oldu. O andan başlayarak artık kendi kararlarımın efendisi olmaktan çıktım, kendi ailesini korumaktan âciz bir zavallı durumuna düştüm; benim yerime hareket edecek anonim sesler ve çılgın telefonlardan oluşan bir ağ kurulmuştu çevremde. Bana tarif edilen telefon kulübesine gittiğimde, bir teknisyenler ordusu, telefonun nereden edildiğini anlayabilmek için kulübenin yeraltı kablolarına dinleyici yerleştirmiş ve bunları en modern aletlere bağlamıştı bile. Helikopterler havalanmaya hazırlanıyor, polis arabaları stratejik yerlere konuşlanıyor, tepeden tırnağa silahlı, deneyimli adamlar harekete geçmek için işaret bekliyorlardı.

Gelişmelerden haberdar edilen iki hükümet, birbirleriyle bağlantı kurup teröristlerle hiçbir pazarlık yapmamaya karar verdiler. Benim yapacağım tek şey, yetkililerin talimatlarına uymak, bana öğretilen yanıtları ailemi kaçıranlara vermek, terörle mücadele uzmanların benden istediklerini sıkı sıkıya yerine getirmekti.

Gün sona ermeden rehinelerin tutulduğu yere saldırıldı, ailemi kaçıranlar –acemi oldukları belli olan, büyük bir siyasal örgütün piyonları olduğu anlaşılan iki erkek ile bir kadın– kurşun yağmuruna tutularak can verdiler. Ama ölmeden önce, karım ve kızlarımı öldürme fırsatını buldular. Tanrı'nın bile bir cehennemi varsa ve bu cehennem insanlığa duyduğu sevgi ise, o zaman herkesin cehennemi, elini uzatsa tutacağı yerdedir, yani ailesine duyduğu sevgide."

Yabancı, konuşmasına ara verdi. Sesinin, duygularını gereğinden çok ele vermesinden korkuyordu. Kendini toparladıktan sonra devam etti:

"Hem polis hem de ailemi kaçıranlar, benim fabrikamda üretilmiş silahları kullanıyorlardı. Bu silahların teröristlerin eline nasıl geçtiğini kimse bilmiyor, hem önemi de yok zaten. Önemli olan, onların bunları ailemi öldürmekte kullanmış olmaları. Evet, aldığım önlemlere karşın, üretim ve satışın kurallara sıkı sıkıya bağlı olarak gerçekleştirilmesi için gösterdiğim onca çabaya karşın ailem, benim üretmiş olduğum ve büyük olasılıkla şu aşırı pahalı lokantalardan birindeki, havalardan ya da dünya politikasından söz ettiğimiz bir iş yemeği sırasında satmış olduğum silahlarla öldürülmüştü."

Bir kez daha sustu. Sözlerine devam ettiğinde sanki o değil de bir başkası, konuyla ilgisi olmayan biri konuşuyordu:

"Ailemi öldüren silahı da mermiyi de çok iyi biliyorum, katillerin nereye ateş ettiklerini de: göğse. Kurşun bedene girerken, küçükparmağınızın kalınlığı kadar bir delik açar. Ama ilk kemiğe değer değmez, kurşun dört parçaya ayrılır, her parça bir başka yöne gider, önüne çıkan her şeyi büyük bir şiddetle parçalar: böbrekler, kalp, karaciğer, akciğer. Kurşun parçası, kendisine direnen bir şeye rastlarsa, örneğin bir omura, yönünü değiştirir, kırık kemik parçalarını ve parçalanmış kasları birlikte sürükleyerek bedenden dışarı çıkar. Kurşunun dışarı çıkarken açtığı dört deliğin her biri yumruk büyüklüğündedir ve kurşunun, bedende dolaşırken koparıp sürüklediği kas, doku, et ve kemik parçacıklarını, çıktığı mekânda dört bir yana savuracak yeterli gücü hâlâ vardır.

Bütün bunlar iki saniye bile sürmez. Ölmek için iki saniye uzun sayılmaz. Ama zaman böyle ölçülmez. Beni anladığınızı umuyorum."

Chantal başıyla onayladı.

"O yılın sonunda işimi bıraktım. Dünyanın dört bucağında dolaştım durdum, ağlayarak acımı boşalttım, bir insan nasıl bu kadar kötülük yapabilir, diye sordum kendime. İnsanın sahip olabileceği en değerli şeyi yitirmiştim ben: insanlara duyulan güveni. İyi'nin ve Kötü'nün elinde alet olduğumu bana böyle garip bir yolla gösteren Tanrı'nın bu ironisine hem güldüm hem de ağladım.

İnsanlara duyduğum sevgi, gitgide silindi içimden, bugün kalbim kupkuru, buz gibi... Yaşamak ya da ölmek umurumda değil. Ama önce, tutsaklıkları süresince neler yaşadıklarını karımın ve kızlarımın adına anlamam gerek. İnsanın kin yüzünden ya da aşk uğruna cinayet işlemesini anlıyorum, ama hiç nedensiz, salt ticaret yüzünden olabilir mi?

Bu anlattıklarımı çok basit bulabilirsiniz, ne de olsa her gün insanlar para yüzünden birbirlerini öldürüyor; ama bu beni hiç ilgilendirmiyor. Ben yalnızca karımı ve kızlarımı düşünüyorum. Teröristlerin kafasından geçenleri bilmek istiyorum. Acaba bir an insafa gelip ellerindeki rehineleri serbest bırakmak istediler mi, çünkü bu savaşın benim ailemle bir ilgisi yoktu. İyi ile Kötü'nün karşılaştığı kısacık bir an, saniyenin binde biri kadar bir zaman var mı, varsa o anda İyi, Kötü'ye üstün gelebilir mi, ben bunu öğrenmek istiyorum."

"Neden Bescos? Neden özellikle benim köyüm?"

"Dünyada, bazıları hükümet kontrolünden uzak onca fabrika varken, neden özellikle benim fabrikamın silahları? Yanıt basit: tamamen rastlantı. Ben küçük bir yer seçmek istedim, herkesin birbirini tanıdığı, iyi geçindiği. Bescos'lular ödülü duyar duymaz İyi ile Kötü yine karşı karşıya gelecek ve daha önce rehinelerin başına gelen, sizin köyünüzde aynen yinelenecek.

Teröristlerin etrafı çevrilmişti, kurtulma umutları yoktu. Yine de öldürdüler onları, beş para etmez, saçma bir âdet yüzünden. Sizin köyünüzün seçme hakkı var, benimse yoktu. Bescos'luların gözünü para hırsı bürümüş olabilir, Bescos'u korumak ve kollamakla görevli olduklarını düşünebilirler; her ne olursa olsun, bunun da ötesinde, rehineyi öldürüp öldürmeyeceklerine karar verme yeteneğine sahipler. Ben bir tek şeyle ilgileniyorum: Başka insanların o kana susamış zavallı serserilerden farklı davranıp davranmayacağını bilmek istiyorum.

İlk karşılaşmamızda söylediğim gibi, bir kişinin hikâyesi bütün insanlığın hikâyesidir. Duygudaşlık diye bir şey varsa, kaderin bana acımasız davranmış olduğunu, ama bazen başkalarına merhamet gösterebildiğini düşüneceğim. Bu benim hissettiklerimi hiç değiştirmeyecek, ailemi geri getirmeyecek, ama en azından yanımdan ayrılmayan ve bütün umutlarımı kıran şeytanı ürkütecek."

"Benim hırsızlık yapıp yapamayacağımı neden bilmek istiyorsunuz?"

"Aynı nedenden. Belki de siz dünyayı, küçük suçlar ve büyük suçlar, diye ikiye ayırıyorsunuzdur. Bu hatadır.

Sanırım o teröristler de böyle bir sınıflandırma yapmışlardı. Bir amaç uğruna cinayet işlediklerine inanıyorlardı, laf olsun diye, sevgi, kin ya da para yüzünden değil. Siz o altını alırsanız, işleyeceğiniz bu suçu önce kendinize, sonra da bana açıklamak durumunda olacaksınız; böylece ben de o katillerin sevdiklerimi öldürmelerini, kendi aralarında nasıl haklı çıkarmış olduklarını anlayacağım. Bunca yıl, neler olup bittiğini anlamaya çalıştığımı fark etmiş olmalısınız. Bu yaptığımın beni huzura kavuşturup kavuşturmayacağını bilmiyorum, ama başka seçenek göremiyorum."

"Altını çalacak olursam beni bir daha hiç göremezsiniz."

Yarım saattir konuşuyorlardı, ama Yabancı'nın dudaklarında ilk kez bir gülümseme belirdi.

"Unutmayın ki silah işinde çalışıyordum. İzinizi bulmak güç olmaz."

Yabancı, Chantal'dan kendisini derenin kıyısına geri götürmesini istedi, yolunu kaybetmişti, nasıl döneceğini bilemiyordu. Chantal silahı (çok gergin olduğunu, avlanırsa biraz oyalanacağını bahane ederek bir arkadaşından ödünç almıştı) alıp yeniden yelken bezinden torbaya koydu. Yan yana dağdan aşağı indiler.

Yolda hiç konuşmadılar. Derenin kıyısına inince Yabancı, genç kadınla vedalaştı.

"Tereddüdünüzü anlıyorum ama artık daha fazla bekleyemem. Kendinizle daha iyi mücadele edebilmek için beni daha iyi tanımanız gerekiyordu, bunu anlıyorum; artık tanıyorsunuz beni.

Ben yanı başında bir şeytanla dolaşıp duran bir adamım. Onu ürkütüp kaçırmak ya da sonsuza kadar kabullenmek için bazı soruların yanıtını bulmam gerek."

8

Çatal, bardağa ısrarla çarpıyordu. O cuma akşamı tıka basa dolu olan barda bütün başlar sesin geldiği yöne çevrildi; herkesin susmasını isteyen kişi, Bayan Prym'di.

Ortalık bir anda sessizleşti. Basit bir garson kızın o köyde böyle bir şeye cesaret etmesi, görülmüş şey değildi.

"Umarım söyleyeceği şey önemlidir," diye düşündü otelin sahibesi. "Yoksa hemen şimdi son veririm işine, büyükannesine ona göz kulak olurum, diye söz vermiş olsam bile."

"Beni dinlemenizi istiyorum," diye başladı Chantal. "Önce, konuğumuz dışında..." eliyle Yabancı'yı işaret etti, "hepinizin bildiği bir hikâye anlatacağım size. Arkasından da konuğumuzun bildiği ama sizlerin bilmediği bir hikâye anlatacağım. Her iki hikâyeyi de dinledikten sonra, çalışarak geçirdiğiniz bir haftanın sonunda artık dinlenmeyi hak etmiş olduğunuz bir akşamda, başınızı ağrıtmakla doğru bir şey yapıp yapmadığıma kendiniz karar verin."

"Bu ne küstahlık!" diye düşündü rahip. "Bizim bilmediğimiz ne biliyor ki. Üstelik zavallı bir öksüz o, geleceği olmayan bir genç kadın, işten atmasın, diye otelin sahibesini ikna etmek kolay olmayacak."

"Ama bu o kadar da güç olmaz," diye düşüncelerini sürdürdü rahip, "hepimiz küçük günahlar işleriz, iki-üç gün öfkelenir, sonra her şey bağışlanır ve unutulur." Koca köyde, Chantal'ın işinde çalışmak isteyen kimseyi tanımıyordu rahip. Gençlere göre bir işti bu ve Bescos'ta Chantal'dan başka genç kalmamıştı.

"Bescos'ta üç tane sokak var, üzerinde bir haç dikili olan bir küçük alan, birkaç yıkık dökük ev ve bir de kilise ile yanı başındaki mezarlık," diye başladı Chantal.

"Bir dakika!" diye seslendi Yabancı.

Cebinden bir teyp çıkardı, masanın üzerine koyup kayıt düğmesine bastı.

"Bescos'un tarihiyle ilgili her şey ilgimi çekiyor. Bir tek sözcüğü bile kaçırmak istemiyorum, bu yüzden sözlerinizi teybe kaydetmem umarım sizi rahatsız etmez."

Chantal, bundan rahatsız olmalı mı olmamalı mı, karar veremedi, ama konuşmasını da kesmedi. Korkusunu yenebilmek için saatlerce çabalamış ve sonunda söze başlayabilmek için gereken cesareti toplayabilmişti. Sözünün kesilmesini istemiyordu.

"Bescos'un üç sokağı var, üzerinde haç dikili olan bir küçük alan, birkaç yıkık dökük, birkaç da bakımlı ev, bir otel, bir direğe asılı olan bir mektup kutusu, bir de yanı başında küçük bir mezarlık bulunan kilise."

Hiç değilse bu kez tarifi eksiksiz olmuştu. Artık heyecanı da yatışıyordu.

"Hepimizin bildiği gibi, Bescos bir zamanlar bir haydut yatağıydı; Aziz Savinus'la görüştükten sonra aklı başına gelen ve düşüncelerini değiştiren büyük kurtarıcımız Ahab, burayı bugün yalnızca iyi ve dürüst erkekler ile kadınların yaşadığı bir köy haline getirmeyi başardı.

Yabancı'nın bilmediği ve benim size anlatacağım şey, Ahab'ın hedefine nasıl ulaştığı. İnsanları ikna etmeyi bir an bile denemedi, çünkü insan doğasını iyi tanıyordu.

Deneseydi, insanlar dürüstlük ile zayıflığı birbirine karıştırırlar, Ahab'ın gücünden de kuşku duyarlardı.

Ahab, yakın bir köyden birkaç marangoz çağırdı, onlara üzerinde bir resim olan bir kâğıt verdi ve bugün haçın olduğu yerde bir şey kurmalarını istedi. Köyün sakinleri on gün boyunca, gece-gündüz, odunlar testereyle kesilirken, oluklar açılırken, tahtalar delinirken çıkan gürültüyü ve çekiç seslerini dinleyip parçaları birbirine tutturan, vidalayan adamları seyrettiler. On günün sonunda, alanın ortasında, kocaman bir şey yükseldi, ama üzeri bir bezle örtülüydü. Ahab 'anıt'ın açılışında hazır bulunmaları için Bescos'luları oraya toplamıştı.

Ciddi bir ifadeyle ve tek söz etmeden örtüyü çekip aldı Ahab; ipi, kapağı filan yerinde olan eksiksiz bir darağacıydı bu. Pırıl pırıldı, hava koşullarına uzun süre dayanabilsin, diye balmumuyla cilalanmıştı. Ahab, insanların orada toplanmasından yararlanıp çiftçileri koruyan, hayvan yetiştirilmesini ve ticaretini destekleyen birkaç yasayı yüksek sesle okudu; herkesin bundan böyle ya doğru dürüst bir iş bulması ya da çekip bir başka kente gitmesi gerekeceğini de sözlerine ekledi. Az önce örtüsünü açtığı 'anıt'ın adını ağzına bile almadı. Ahab, tehditlerle iş görüleceğine inanan bir adam değildi.

Toplantının sonunda insanlar sağda solda kümelendiler. Çoğunluk, Ahab'ın Aziz Savinus tarafından kandırıldığını düşünüyordu; eski cesaretini yitirdi ve bu yüzden ölmeyi hak etti, diyorlardı bunlar. O günü izleyen günlerde Ahab'ı öldürebilmek için planlar geliştirmeye başladılar. Ama herkesin yolu bu darağacının önünden geçiyor ve herkes kendine, 'Ne işe yarıyor bu?' diye soruyordu. 'Yeni yasalara uymayanlar ölecekler mi?' 'Kim Ahab'ın tarafını tutuyor, kim tutmuyor?' 'İçimizde casus mu var?'

Darağacı insanlara bakıyordu, insanlar da darağacına. Başkaldıranların başlangıçtaki öfkesi, yerini korkuya bırakmaya başlamıştı. Ahab, kararlarından dönmemesiyle ünlüydü. Birkaç kişi köyü terk etti, birkaçı da, ya nereye gideceklerini bilemediklerinden ya da alanın ortalık yerindeki o ölüm aletinin gölgesi yüzünden kendilerine önerilen başka işlere girdiler. Bir süre sonra Bescos, kalıcı bir huzura kavuştu; sınırda önemli bir ticaret merkezi haline geldi, birinci sınıf yün ve kaliteli buğday ihracatçısı oldu.

Darağacı orada on yıl kaldı. Ahşabı sağlamdı, yalnızca ipini sürekli yenilemek gerekiyordu. Hiç kullanılmadı. Ahab da bu konuda tek söz etmedi. Pervasızlığın korkuya, güvenin güvensizliğe, kafa tutmanın uysal mırıltılara dönüşmesi için bir bakışı yeterliydi. On yıl sonra, Bescos'ta yasalar iyice yerleştikten sonra, Ahab darağacını kaldırttı ve onun bulunduğu yere tahtadan bir haç diktirtti."

Chantal anlatmaya ara verdi. Bardaki sessizliği bozan tek ses, Yabancı'nın alkışı oldu.

"Güzel bir öykü," dedi adam. "Ahab insan doğasını gerçekten tanıyormuş. Toplumun istediği gibi davranılmasını sağlayan, yasalara uyma arzusu değildir, cezaya duyulan korkudur. Hepimiz darağacını içimizde taşırız."

"Yabancı, benden bunu istediği için ben bugün buradaki haçı çıkarıyor ve onun yerine yeniden bir darağacı yerleştiriyorum," diye sözlerine devam etti genç kadın.

"Carlos," dedi biri. "Onun adı Carlos, ona 'Yabancı' diyeceğine adını söylesen daha kibar davranmış olurdun."

"Adını bilmiyorum. Otelin kayıt defterindeki bütün bilgiler sahte. Ödeme yaparken hiçbir zaman kredi kartı kullanmadı. Ne nereden geldiğini biliyoruz ne de nereye gittiğini. Hatta havaalanına ettiği telefon bile yalan olabilir."

Herkes Yabancı'ya baktı. O ise gözlerini Chantal'a dikmişti.

"Gerçeği söylediğinde ona inanmadınız," dedi Chantal. "Gerçekten de bir silah fabrikasının yöneticisiymiş, başından pek çok olay geçmiş, değişik kimliklere bürünmüş, hem sevecen bir baba hem de acımasız bir pazarlıkçıymış. Siz burada yaşayanlar, hayatın sandığınızdan daha karmaşık ve daha zengin olduğunu anlayamazsınız."

"Dilinin altındaki baklayı çıkar kızım!" dedi otelin sahibesi. Chantal da devam etti:

"Dört gün önce bana on tane kocaman altın külçesi gösterdi. Bu kadar altınla Bescos'ta yaşayan herkes bir otuz yıl sıkıntı çekmeden geçinir, köyde hatırı sayılır işler yapılır, çocuklar için oyun alanı bile kurulabilir; böylece belki burası yeniden çocuklarla dolar. Daha sonra bu altınları alıp ormanın bir yerine sakladı, şimdi nerede bulunduğunu bilmiyorum."

Bakışlar yine Yabancı'ya yöneldi. Bu kez doğrudan Chantal'ın gözlerinin içine bakan Yabancı, başıyla onun sözlerini doğruladı.

"Önümüzdeki üç gün içinde burada birisi öldürülecek olursa bu para, Bescos'un olacak. Kimse ölmezse bu Yabancı, altınlarını da alarak buradan gidecek.

Hepsi bu. Başka söyleyecek bir şeyim yok. Darağacını eski yerine diktim. Ama bu kez, suçu önlemek için durmuyor orada, masum biri orada sallandırılsın ve onun ölümüyle burası refaha kavuşsun diye duruyor."

Oradakiler bir kez daha dönüp baktılar Yabancı'ya. Yabancı birkaç kez başını salladı.

"Bu genç kadın hikâye anlatmasını biliyor," dedi. Teybi kapatıp cebine soktu.

Chantal, tezgâha dönüp bardakları yıkamaya girişti. Bescos'ta zaman durmuş gibiydi. Kimse konuşmuyordu.

Duyulan yalnızca musluktan akan suyun şırıltısı, mermer tezgâha değen bardakların tıkırtısı, dışarıdaki ağaçların çıplak dallarında uğuldayan rüzgârın sesiydi.

Sessizliği bölen belediye başkanı oldu:

"Polise haber vermeliyiz."

"Verin," dedi Yabancı. "Teybim burada. 'Bu genç kadın hikâye anlatmasını biliyor,' dedim ben yalnızca, başka bir şey değil."

"Derhal odanıza çıkmanızı, eşyalarınızı toplamanızı ve burayı terk etmenizi istiyorum," dedi otelin sahibesi.

"Bir haftalık parayı peşin ödedim ve bir hafta kalacağım. Polisi çağırsanız bile kalacağım."

"Kendinizin de öldürülebileceğinin farkında mısınız?"

"Elbette. Ve bunun benim için hiçbir önemi yok. Ama böyle bir şey olursa, bir suç işlemiş olursunuz, ancak vaat edilen ödülü asla alamazsınız."

Barın gedikli müşterileri birer birer ayrıldılar oradan, önden gençler gitti, en arkadan da yaşlılar. Sonunda barda Chantal ile Yabancı'dan başka kimse kalmadı.

Chantal çantasını aldı, hırkasını giydi, kapıya yöneldi, çıkmadan önce arkasına dönüp, "Siz acı çekmiş, öç almak isteyen bir adamsınız," dedi. "Yüreğiniz ölmüş, ruhunuz kararmış. Oyunu, onun istediği gibi oynadığınız için yanı başınızdaki şeytan şimdi bayram ediyordur."

"Ricamı yerine getirdiğiniz için size teşekkür ederim. Darağacı hakkındaki o ilginç ve gerçek hikâyeyi anlattığınız için de teşekkürler," dedi Yabancı.

"Ormanda bana bazı sorulara yanıt bulmak istediğinizi söylemiştiniz. Ama öyle bir plan yapmışsınız ki, ödüllendirilen yalnızca 'Kötü' oluyor. Eğer öldürülen olmazsa İyi'nin ödülü 'aferin'den başka bir şey olmayacak. Oysa siz de bilirsiniz ki, övgü karın doyurmaz, yıkık dökük evlerin onarımını da sağlamaz. Siz bir soruya yanıt aramıyorsunuz, inanmak istediğiniz şeyin, yani bütün insanların kötü olduğunun doğrulanmasını istiyorsunuz."

Yabancı'nın bakışları karardı, Chantal bunun ne anlama geldiğini biliyordu.

"Bütün insanlar kötüyse sizin yaşadığınız trajedinin itiraz edilecek bir yanı kalmaz," diye devam etti Chantal. "Böylece karınızın ve kızlarınızın kaybını daha kolay kabullenebilirsiniz. Ama iyi insanlar varsa o zaman, siz aksini iddia etseniz de, hayat dayanılmaz olur. Çünkü o zaman kader sizi, hiç de hak etmediğiniz bir tuzağa düşürmüş demektir. Siz ışığı yeniden bulmak istemiyorsunuz; dünyada karanlıktan başka bir şey olmadığına emin olmak istiyorsunuz."

"Amacınız ne?" Yabancı'nın sesi titriyordu, ama kendini tutuyordu.

"Daha hakça bir bahis istiyorum. Üç gün içinde kimse öldürülmezse on külçe altın Bescos'a kalsın. Bescos' luların gösterdiği dayanışmanın karşılığı olarak."

Yabancı güldü.

"Öbür külçeyi de ben alırım, bu kirli oyuna katıldığım için."

"Ben budala değilim. Bunu kabul edersem, ilk yapacağınız iş gidip başkalarına anlatmak olur."

"Bu bir risk. Ama böyle bir şey yapmam ben. Büyükannemin başına yemin ederim ki yapmam, eğer yaparsam ruhum azaptan kurtulmasın."

"Bu yetmez. Tanrı'nın yeminleri duyup duymadığını kimse bilemez, ruhun azaptan kurtulup kurtulmayacağını da."

"Bunu yapmadığımı öğrenirsiniz, çünkü alanın ortasına yeni bir darağacı diktim. Numara yapan olursa kolayca anlaşılabilecek. Hem az önce konuştuklarımızı gidip başkalarına anlatsam bana kim inanır? Bu, birinin, elinde bu hazineyle Bescos'a gelip, 'Yabancı'nın dediğini ister yapın ister yapmayın, bu altınların hepsi sizin,' demesine benzer. Buradaki kadınlar ile erkekler ağır işe, her bir kuruşu alınteriyle kazanmaya alışmışlardır, gökten servet yağacağını hayal bile edemezler."

Yabancı, bir sigara yaktı, kadehindeki içkiyi bitirdi, masadan kalktı. Chantal açık kapıda durmuş, içeri giren soğuk havada Yabancı'nın yanıtını bekliyordu.

"Bana numara yapmaya kalkmayın," dedi Yabancı. "Tıpkı sizin Ahab'ınız gibi ben de insanları tanırım."

"Bundan kuşkum yok. Demek 'kabul' ediyorsunuz."

O gece üçüncü kez başını "evet" anlamında salladı Yabancı.

"Bir şey daha söylemek istiyorum. Siz insanın iyi olabileceğine hâlâ inanıyorsunuz. Yoksa salt kendinizi inandırmak uğruna bütün bu hokus pokusu düzenlemezdiniz."

Chantal dışarı çıkıp kapıyı kapattı, evine giden ıssız yolda yürümeye başladı. İstese de istemese de bu oyuna karışmıştı şimdi; dünya yüzündeki bütün kötülüklere inat, insanların iyi olduğunu iddia etmişti. Yabancı'yla yaptığı bu son konuşmadan hiç kimseye söz etmeyecekti, çünkü artık o da sonucu öğrenmek istiyordu.

Chantal, ışıkları yanmayan evlerinin içinden, perdelerin arkasından bütün Bescos'un kendisini izlediğini biliyordu. Ama bunun hiç önemi yoktu; gözyaşlarını göremeyecekleri kadar karanlıktı sokak.

9

Yabancı, odasının penceresini açtı ve gecenin ayazının, yanındaki şeytanın sesini birkaç dakikalığına bastırmasını diledi.

Ama olmadı, zaten olmayacağını da biliyordu, çünkü genç kadının az önce söyledikleri, şeytanı iyice çileden çıkarmıştı. Yabancı, kaç yıldır ilk kez onun gücünün azaldığını, hatta yanından uzaklaştığını hissetti, ama çok geçmeden geri döndü şeytan; gücü ne artmış ne de azalmıştı, her zamanki gibiydi. Şeytan, Yabancı'nın beyninin sağ yarısındaydı, mantığa ve akla hükmeden yerde; ama hiç görünmezdi; bu yüzden Yabancı onu gözünde canlandırmak zorunda kalırdı. Onu bin değişik biçimde görmeye çabalamıştı; kuyruklu, boynuzlu geleneksel şeytandan sarı bukleli saçlı küçük bir kız çocuğuna kadar... Sonunda, siyah pantolon, mavi gömlek ve siyah saçlarının üzerine yerleştirdiği yeşil beresiyle yirmili yaşlarında genç bir erkeğin suretinde karar kılmıştı.

Şeytanın sesini ilk kez, şirketten ayrıldıktan sonra dinlenmek üzere çekildiği bir adada duymuştu. Kederler içinde sahilde oturmuş, acılarının sona ereceğine kendini boşu boşuna inandırmaya çabalarken hayatında gördüğü en güzel günbatımına tanık olmuştu. İşte o zaman iyice çaresiz hissetmişti kendini, hatta çaresizliğin dibine vurmuştu; çünkü güneşin böyle batışını görmek, karısıyla kızlarının da hakkıydı. Çılgınca ağlamış, düştüğü bu kuyunun dibinden bir daha asla çıkamayacağını sezmişti.

Tam o anda tatlı, dost bir ses duymuştu; bu ses, yalnız olmadığını söyleyerek onu teselli ediyor, başına gelen her şeyin bir anlamı olduğunu söylüyordu; bu anlam, herkesin kaderinin önceden çizilmiş olduğunu kanıtlamaktı. Trajedilerin olması kaçınılmazdı, ne yaparsak yapalım, bizi bekleyen kötü şeylerin bir tanesini bile önleyemezdik.

"İyi diye bir şey yoktur," demişti ses, "erdem, dehşetin değişik yüzlerinden biridir. Bunu kavradığımız zaman, dünyanın, Tanrı'nın bir eğlencesinden başka bir şey olmadığını da anlarız."

Hemen arkasından –kendisinin bu dünyanın tek efendisi olduğunu, dünyada olup biten her şeyi bildiğini söyleyen– o ses, ona sahilde oturan insanları göstermeye başladı: Bir kenarda eşyalarını toplayan ve çocuklarının giyinmesine yardım eden efendi görünümlü aile babası, elinden gelse sekreteriyle ilişkiye girişirdi, ama karısının göstereceği tepkiden korkuyordu. Karısı da mümkün olsa bir işe girer ve bağımsız olurdu ama o da kocasının tepkisinden korkuyordu. Çocuklar terbiyeli davranıyorlardı, çünkü ceza almaktan korkuyorlardı. Tek başına bir plaj şemsiyesinin altında kitap okuyan genç kadın, canı sıkılmış gibi duruyordu, oysa yaşamının geri kalan kısmını yalnız geçiririm, diye korkudan ölmek üzereydi. Elinde tenis raketi olan genç adam bir yandan spor yapıyor, bir yandan da, ailemin beklentilerini boşa çıkarırım, diye kaygılanıyordu. Zengin müşterilere tropikal içkiler sunan garsonun, işini kaybetmekten ödü kopuyordu. Kendisine kalsa dansözlüğü yeğleyen genç bir kadın, eşi dostu kınamasın, diye hukuk eğitimi görüyordu. Sözümona kendini böyle daha iyi hissettiği için sigara ve içki kullanmayan yaşlı bir adam, aslında ölümün soğuk nefesini ensesinde hissediyordu. Deniz kıyısında neşeyle koşan ve ayaklarıyla suları havalandıran genç çiftin gülümsemesinin altında, yaşlanma, can sıkıcı olma, hastalanma korkusu yatıyordu. Teknesiyle denizde bir aşağı bir yukarı giden yanık tenli genç adam gülerek el sallarken parasını bir anda kaybedebileceğinin korkusu taşıyordu. Bütün o cennet gibi manzarayı bürosundan seyreden ve müşterilerin arzularını gözlerinden okuyan otel sahibi bile, vergi memurları kayıtlarında birtakım düzensizlikler bulur, diye düşündükçe korkudan titriyordu.

Sahildeki bütün bu insanlar sürekli korku içinde yaşıyorlardı, hatta insanın soluğunu kesen günbatımını seyrederken bile... Yalnız kalmaktan korkuyorlardı, şeytanların üşüştüğü karanlıktan; pot kırmaktan; Tanrı'nın yargısından, başkalarının ne diyeceğinden; her şeyi cezalandıran mahkemelerden; risk alıp yenilgiye uğramaktan; kazanıp başkalarının kıskançlığına katlanmak zorunda kalmaktan; sevip de reddedilmekten; maaşına zam istemekten; bir daveti kabul etmekten; bilmediği yerlere gitmekten; yabancı bir dili konuşamamaktan; başkalarını etkileyememekten; yaşlılıktan ve ölümden; hatalarıyla göze çarpmaktan; meziyetleriyle göze çarpmamaktan; ne hatalarıyla ne de meziyetleriyle göze çarpmaktan...

Korku, korku, korku... Yaşam, giyotinin gölgesinde bir terör rejimiydi. "Umarım bu, biraz olsun içini rahatlatır," diyen şeytanın sesini duymuştu Yabancı. "Herkes korkudan ölüyor. Bir tek sen değil. Tek fark, senin, işin en güç bölümünü geride bırakmış olman. En çok korktuğun şey başına geldi. Senin yitirecek bir şeyin yok artık, oysa sahildeki bu insanlar sürekli korku yaşıyorlar. Bazıları daha çok bilincinde bunun, onlar korkularını bastırmaya çalışıyor, bazıları da korkuyu yok sayıyorlar, ama günün birinde korkunun pençesine düşeceğini herkes biliyor."

Kulağa inanılmaz gelebilir ama duyduğu şey onu sakinleştirdi, sanki başkalarının çektiği acı kendisininkini azaltmıştı. O günden sonra şeytan, onun yanından hiç ayrılmadı. İki yıldır birlikteydiler, ruhunun tümüyle şeytanın eline geçmesi Yabancı'yı ne sevindiriyor ne de canını sıkıyordu.

Şeytanın varlığına alıştıkça Kötü'nün kaynağını bilmek isteği de artıyordu, ama hiçbir sorusuna tam bir yanıt alamadı.

"Benim varlığımın nedenini bulmaya çalışmak boşuna çaba olur. İlla da bir açıklama istiyorsan, Tanrı'nın, bir dalgınlık ânında evreni yaratmış olmasının cezasını benden bulduğunu düşünebilirsin."

Şeytan kendisi hakkında pek fazla bilgi vermediğinden, cehennemle ilgili ne varsa sağdan soldan öğrenmeye çalıştı Yabancı. Dinlerin çoğunda, "ceza çekilen yer" diye böyle adlandırılan bir kavram bulunduğunu öğrendi; topluma karşı suç işleyen ölümsüz ruh oraya gidiyordu (anlaşıldığına göre her şey, toplumun çevresinde dönüyordu, bireyin değil). Kimileri ruhun, bedenden ayrıldıktan sonra bir ırmağı aşacağını, bir köpekle karşı karşıya geleceğini ve bir kapıdan geçeceğini söylüyordu; bu kapıdan geçtikten sonra geri dönüş yoktu. Ölünün bedeni bir çukura konulduğundan, acı çekilen bu yerin, toprağın altında ve karanlık olduğu düşünülüyordu. Volkanlar nedeniyle yeraltında ateşler yandığı biliniyordu, böylece insanın hayal gücü, günahkârlara işkence eden alevleri yarattı.

Cehennemde yanmayla ilgili en ilginç betimlemelerden birini bir Arapça kitapta bulmuştu: Orada, ruhun bedeni terk eder etmez sağ yanında cennetin, sol yanındaysa yerkürenin dibindeki karanlığa doğru inen bir sarmalın yer aldığı kıldan ince kılıçtan keskince bir köprüden geçmesi gerektiği yazılıydı. Köprüden –Sırat Köprüsü– geçenler (kitapta köprünün nereye gittiği belirtilmiyordu) sevaplarını sağ ellerinde, günahlarını sol ellerinde taşıyorlardı; denge bozulunca yeryüzünde işlediği sevabın ya da günahın çokluğuna göre kişi sağ ya da sol yana düşüyordu.

Hıristiyan inancında, inlemelerin ve diş takırtılarının duyulduğu bir yerden söz ediliyordu. Musevilik, bir iç cehennemden söz ediyordu, orada belli sayıda ruha yer vardı; günün birinde cehennem dolacak ve dünyanın sonu gelecekti. İslam dini, Tanrı aksini istemedikçe, içinde herkesin yandığı bir ateşten söz ediyordu. Hindular için cehennem, asla sonsuz işkence çekilen bir yer değildi, çünkü onların inancına göre ruh, günahlarının kefaretini onları işlediği yerde ödemek üzere belli bir zaman sonra geri dönüyordu, döndüğü bu yer de dünyaydı. Bununla birlikte Hinduizmin "aşağıdaki dünyalar" dediği yirmi bir tane acı çekme yeri vardı.

Budistler de ruhun katlanabileceği çeşitli cezaları değişik gruplara ayırmışlardı: ateşler yanan sekiz cehennem, buzlar bulunan sekiz cehennem, ayrıca, cehenneme atılan kişinin ne yandığı ne donduğu, ama sonsuz açlık ve susuzluk çektiği bir ülke.

Çinlilerin cehennem çeşitleri karşısında bütün bunlar bir hiçti. Cehennemi yerkürenin dibinde düşünen öteki ulusların tersine Çinliler, günahkârların ruhlarının, "Küçük Demir Set" adında bir dağa gittiğine inanıyorlardı; bu dağı, ikinci bir dağ, Büyük Set kuşatıyordu. Bu ikisi arasında kalan yeri sekiz tane büyük, üst üste duran cehennem doldurmuştu, bunlar da kendilerinden daha küçük on altı tane cehennemi denetim altında tutuyorlardı, bu küçükler de kendi altlarında yer alan milyonlarca cehennemi. Çinlilerin inancına göre şeytanlar, cezalarını çekmiş olanların ruhlarından başka bir şey değildi;

Bu durumda böylece şeytanların ortaya çıkışına ilişkin tek inandırıcı açıklamayı da Çinliler yapmış oluyordu. Bu ruhlar kötülüğü bizzat kendi bedenlerinde tattıkları için kötüydüler, sonu gelmeyen sonsuz bir intikam döngüsü içinde kötülüğü başkalarına aktarmak istiyorlardı.

"Belki de benim gibi," diye düşündü Yabancı, Chantal Prym'in sözleri aklına gelince. Bu sözleri şeytan da duymuş, güçlükle ele geçirdiği topraklardan bir bölümünü kaybettiğini sezmişti. Kaybettiğini yeniden ele geçirmenin tek yolu, Yabancı'nın ruhundaki tereddütleri silip atmaktı.

"Tamam, kuşku duymuştun," dedi şeytan. "Ama korku geçmez. Darağacı öyküsü gerçekten iyiydi, insanların korku yüzünden erdemli olduklarını çok güzel anlatıyor, ama insan özünde kötüdür, onların hepsi benim soyumdan gelmedir."

Yabancı soğuktan titriyordu ama pencereyi bir süre daha kapatmamaya karar verdi.

"Tanrım, başıma gelenleri hak etmedim ben. Senin bana yaptığını ben de başkalarına yapabilirim. Adalet budur."

Şeytan şaşırdı ama susmayı yeğledi. Kendi içinin de korkuyla dolduğunu belli edemezdi. Adam, Tanrı'ya sövüyor ve yaptıklarını haklı gösteriyordu; ama iki yıldır ilk kez Tanrı'ya yöneliyordu.

Bu kötüye işaretti.

10

“İyiye işaret!” Ekmek getiren kamyonetin kornasını duyduğunda Chantal’ın ilk düşüncesi bu oldu. Demek Bescos’ta yaşam her zamanki gibi sürüyordu, ekmek getiriliyor, insanlar evlerinden dışarı çıkıyorlardı. Cumartesi ve pazar günleri boyunca kendilerine yapılmış olan o çılgın öneriyi tartışmak için yeterli zamanları olacaktı; pazartesi sabahı da Yabancı’nın bavullarını toplayıp oradan gitmesini –hafif bir pişmanlıkla olsa da– izleyeceklerdi. Öğleden sonra Chantal onlara, kendisinin giriştiği bahisten söz edecek, savaşı kazandıklarını, bundan böyle artık varlıklı olacaklarını duyuracaktı.

Chantal, Savinus gibi aziz mertebesine erişmeyecekti, ama gelecek kuşaklar onu, köyü Kötü’nün elinden ikinci kez kurtaran kadın olarak anacaklardı. Belki adının çevresinde söylenceler de türeyecekti. Köyün gelecekteki halkı onun çok güzel bir kadın olduğunu anlatacak, yerine getireceği görev yüzünden gençken Bescos’tan ayrılmayan tek kişi olarak bileceklerdi. Dindar kadınlar onun için mum yakacak, delikanlılar bu kahramana hayranlık duyacak, onu tanımadıkları için hayıflanacaklardı.

Chantal kendisiyle gurur duyuyordu; kendisine ait olan altın külçesi konusunda dilini tutmalıydı, tutmazsa köydekiler, azize olmanın koşulları arasında malını mülkünü başkalarına dağıtmak da bulunduğuna Chantal'ı eninde sonunda ikna ederlerdi.

Chantal ruhunu kurtarması konusunda Yabancı'ya kendi usulüyle yardım ediyordu, günü gelip de Chantal yaptıkları için hesap vermek durumunda kaldığında Tanrı bunu dikkate alırdı elbette. Bu adamın kaderiyle hiç ilgilenmiyordu Chantal. Onun tek dileği, önündeki iki günün olabildiğince hızlı geçmesiydi, çünkü sırrını daha fazla kendine saklayamayacaktı.

Bescos'lular, komşu köylerdekilerden ne daha iyi ne de daha kötüydüler, ama para için suç işleyecek insanlar olmadıkları kesindi. Chantal'ın bundan kuşkusu yoktu. Artık bu hikâye herkes tarafından duyulduğuna göre hiç kimse kendi hesabına hareket edemezdi, çünkü ödül herkese eşit paylaştırılacaktı ve Chantal başkalarının kazancına el koymak uğruna kendini tehlikeye atacak kimseyi tanımıyordu. Buna kalkışacak biri olması durumunda, ki bunu düşünmek bile saçmaydı, o kişi bunu ancak ötekilerin –elbette kurban dışında– onayını alarak yapabilirdi. Bir kişi bile karşı çıksa –kimse çıkmazsa bu kişi Chantal olacaktı– Bescos'lu kadınlarla erkeklerin tümü birden ihbar edilip tutuklanma tehlikesi altında olurdu. Öyleyse yoksul ve onurlu kalmak zengin olarak hapse atılmaktan iyiydi.

"Üç sokaklı bu köyde, belediye başkanı seçimi bile hararetli tartışmalara ve görüş ayrılıklarına neden olmuştu," diye düşündü Chantal, merdivenden inerken. Bescos'un güneyinde bir çocuk parkı yapılması istendiği zaman herkes öylesine birbirine girmişti ki sonunda park yapılamamıştı. Kimileri köyde zaten hiç çocuk olmadığını söylemiş, kimileri de çocuk parkı yapılırsa bunun çocukları yeniden Bescos'a geri getirebileceğini ileri sürmüştü; bu çocukların ana babaları tatillerinde Bescos'a geldiklerinde bir gelişme olduğunu görebilirler, denmişti. Bescos'ta her şey tartışma konusu olurdu: ekmeğin kalitesi, avlanma kuralları, lanetli bir kurt olup olmadığı, Yabancı, Berta'nın davranışı ve –kimse bunu onun önünde ağzına almaya cesaret edemese de– Chantal'ın otelin bazı müşterileriyle yaptığı kaçamaklar.

Hayatında ilk kez, köyün tarihinde başrol oynayan biri edasıyla ekmek kamyonetine gitti Chantal. O zamana kadar zavallı bir öksüzden başka bir şey değildi, yeri yurdu olmayan, kendine koca bulamayan, her akşam barda hizmet etmek zorunda olan zavallı bir garsondu. Beklemesinin karşılığını alacaktı. Hele bir-iki gün geçsin, herkes ayaklarına kapanacaktı, ellerine geçen para için, Chantal'ın yücegönüllülüğü için ona teşekkür edeceklerdi, belki de bir sonraki belediye seçimlerinde aday olmasını bile isterlerdi. (Yoksa Bescos'ta biraz daha kalıp kavuştuğu ünün tadını mı çıkarmalıydı?)

Kamyonetin çevresindeki insanlar sessizce ekmeklerini alıyorlardı. Hepsi dönüp Chantal'a baktı, ama tek bir sözcük bile eden olmadı.

"Burada neler oluyor?" diye sordu, ekmekleri dağıtan delikanlı. "Biri mi öldü?"

"Hayır," diye yanıtladı onu demirci; cumartesi sabahı olmasına karşın kalkıp gelmişti, isteseydi o sabah geç saatlere kadar uyuyabilirdi. "Hastalanan biri var da, onu merak ediyoruz."

Chantal neler olup bittiğini anlayamamıştı.

"Ne alacaksanız, çabuk alın," diyen birini işitti. "Delikanlının işi var, gidecek."

Chantal fazla düşünmeden delikanlıya parayı uzattı ve ekmeği aldı. Kamyoneti kullanan delikanlı omuzlarını silkti ve başka soru sormadı, Chantal'a paranın üstünü verdi, herkese "iyi günler" dileyip oradan ayrıldı.

"Şimdi söyleyin bakalım; burada neler oluyor?" dedi Chantal, korkmaya başlamıştı, terbiyesi elverdiği ölçüde yükseltmişti sesini.

"Neler olduğunu biliyorsunuz," dedi demirci. "Büyük bir para karşılığında suç işlememizi istiyorsunuz."

"Ben hiçbir şey istemiyorum. Ben yalnızca o adamın benden istediğini yerine getirdim. Hepiniz aklınızı mı kaçırdınız?"

"Aklını kaçıran sizsiniz. Bu çılgının habercisi olmayı kabul etmemeniz gerekirdi. İstediğiniz ne? Bu işten bir kazancınız var mı? Burayı Ahab'ın öyküsünde olduğu gibi cehenneme mi çevirmek istiyorsunuz? Terbiye ve onur denilen şeyleri unuttunuz mu?"

Chantal titriyordu.

"Hepiniz delirmişsiniz! Yoksa içinizde bu öneriyi ciddiye alan mı oldu?"

"Rahat bırakın onu," dedi otelin sahibesi. "Gidip kahvaltımızı edelim."

Kalabalık ağır ağır dağıldı. Chantal, ekmek elinde, hâlâ tir tir titreyerek orada duruyor, yerinden kıpırdayamıyordu. Her zaman aralarında tartışan bu insanlar ilk kez aynı görüşteydiler: Suçlu olan Chantal'dı. Ne Yabancı suçluydu ne de yaptığı öneri; suça teşvik eden Chantal Prym'di. Bütün dünya çıldırmış mıydı?

Chantal elindeki ekmeği sokak kapısının önüne bırakıp dağlara doğru yürüdü. Ne açlık hissediyordu ne de susuzluk; canı hiçbir şey istemiyordu. Çok önemli bir şeyi anlamıştı ve bu anladığı şey yüreğini korku ve dehşetle doldurmuştu. (Ekmek kamyonetindeki delikanlıya hiç kimse hiçbir şey söylememişti.)

Başka zaman olsa böyle bir olayı delikanlıya öfkeli kahkahalarla anlatırlardı, oysa çevredeki köylere ekmek ve dedikodu taşıyan delikanlı, Bescos'ta neler olduğunu öğrenmeden çekip gitmişti. Belli ki Bescos'lular henüz bugün bir araya gelmişti ve kimsenin bir gece önce olanlar üzerinde konuşmaya, fikir alışverişi yapmaya zamanı olmamıştı. Bununla birlikte hepsi de barda neler olduğunu biliyordu ve bilinçsizce bir suskun kalma anlaşması imzalamışlardı.

Belki de hepsi, kimselere söylemeden, en akla gelmeyeni akıllarına getirmiş, en hayal edilmeyeceği hayal etmişlerdi.

Berta, Chantal'a seslendi. Her zamanki yerinde oturmuş, gözlerini köye dikmişti; ama ne yapsa boşunaydı, çünkü tehlike kapının eşiğindeydi ve insanın hayal edebileceğinden de büyüktü.

"Şimdi konuşmak istemiyorum," dedi Chantal. "Ne düşünebiliyorum, ne konuşabiliyorum ne de başka bir şey yapabiliyorum."

"O zaman söyleyeceklerimi dinle. Otur şuraya."

O sabah kalktığından beri Chantal'a iyi davranan tek kişi Berta olmuştu. Chantal oturmakla yetinmedi, Berta'ya sımsıkı sarıldı, konuşmadan oturdular. Sessizliği bozan Berta oldu:

"Ormana git, düşüncelerin dağılır. Bu senin sorunun değil, bunu biliyorsun. Onlar da bunu biliyor, ama bir günah keçisine ihtiyaçları var."

"Suçlu olan Yabancı!"

"Bunu yalnız sen ve ben biliyoruz. Başka bilen yok. Herkes, kendilerine ihanet edildiğine, bunu çok daha önce anlatmış olman gerektiğine, onlara güvenmediğine inanmak istiyor."

"İhanet mi?"

"Evet."

"Neden inanmak istiyorlar buna?"

"Düşün bakalım."

Chantal düşündü. Bir günah keçisine ihtiyaçları vardı, bir kurbana.

"Bu hikâyenin sonunun nasıl geleceğini bilmiyorum," dedi Berta. "Bescos, dürüst insanların yaşadığı bir yer, senin söylediğin gibi biraz ödlek olsalar da. Yine de sen bir süre buradan uzaklaşsan iyi olur."

Berta şaka yapıyordu herhalde. Yabancı'nın bu önerisini kimse ciddiye almazdı. Hiç kimse. Hem Chantal'ın ne gidecek parası vardı ne de gidecek bir yeri.

Ama bu doğru değildi. Chantal'ı bekleyen bir külçe altın vardı, dünya üzerinde nereye isterse gidebilirdi o parayla. Oysa Chantal bu konuyu aklına bile getirmek istemiyordu.

Yabancı'nın tam o anda önlerinden geçip her sabah olduğu gibi dağlara doğru yürümesi kaderin bir oyunu muydu? Onlara başıyla selam verip yoluna devam etti. Berta adamı bakışlarıyla izlerken Chantal da Yabancı kendilerine selam verirken köyden biri tarafından görülüp görülmediğini anlamaya çalıştı. Gören olduysa bunu bahane edip Chantal'ı onun işbirlikçisi olmakla suçlardı. İkisi arasında gizli bir işaret olduğunu söylerdi.

"Her zamankinden daha düşünceli görünüyor," dedi Berta. "Çok tuhaf."

"Belki de yaptığı şakanın ciddiye bindiğini anlamıştır."

"Hayır başka bir şey var. Ne olduğunu bilmiyorum, ama... öyle ki... yo, yo, ne olduğunu bilmiyorum."

"Kocam bilir bunu," diye düşündü Berta, sol yanından doğru huzursuz, rahatsızlık verici bir şey hissetti. Ama şimdi kocasıyla konuşmanın sırası değildi.

"Bütün bunlar bana nedense Ahab'ın öyküsünü anımsatıyor," dedi Chantal'a.

"Şimdi Ahab'ı da, öyküsünü de duymak istemiyorum, hiçbir şey duymak istemiyorum. Dünyanın eskisi gibi olmasını, ne kadar kusuru olsa da Bescos'un bir adamın deliliği yüzünden mahvolmamasını istiyorum!"

"Görünüşe bakılırsa sen burayı sandığından daha çok seviyorsun."

Chantal titredi. Berta yeniden sarıldı ona, başını omzuna yasladı, sanki Chantal onun asla sahip olmadığı kızıydı.

"Söylediğim gibi, Ahab, cehennem ile cennet hakkında bir masal bilirmiş. Bu masal eskiden ana babalardan çocuklarına aktarılırdı ama artık unutulup gitti. Bir adam, atı ve köpeğiyle yolda gidiyormuş. Kocaman bir ağacın yanından geçerlerken üçünü de yıldırım çarpmış. Ama adam bu dünyayı terk ettiklerini fark etmemiş ve yanında iki hayvanıyla yoluna devam etmiş. Bazen ölüler, yeni konumlarına alışmak için zamana ihtiyaç duyar..."

Berta kocasını düşündü, karısına söyleyecek önemli bir şeyi vardı, bu yüzden de Chantal'ı başından savsın, diye Berta'yı zorlayıp duruyordu. Belki de kocasına artık ölü olduğunu, durmadan Berta'nın sözünü kesmemesi gerektiğini açıklamanın zamanı gelmişti.

"Yolları oldukça uzunmuş, yokuş yukarı gidiyorlarmış, güneş yakıcıymış, ter içinde kalmışlar, susamışlar. Bir dönemecin ardında harika bir mermer kapı görmüşler; kapı, ortasında bir çeşme bulunan altın döşeli bir meydana açılıyormuş, çeşmeden berrak bir su akıyormuş. Yolcu, kapıdaki bekçiye dönmüş.

'İyi günler.'

'İyi günler,' diye yanıt vermiş bekçi.

'Burası harika bir yer, adı ne?'

'Burası cennet.'

'Ne iyi, cennete gelmişiz, çünkü çok susadık.'

'İçeri girip dilediğiniz kadar su içebilirsiniz,' demiş bekçi ve eliyle çeşmeyi göstermiş.

'Atım ile köpeğim de susadılar.'

'Kusura bakmayın,' demiş bekçi. 'Buraya hayvanlar giremez.'

Yolcu çok üzülmüş, çok susamış ama suyu tek başına içmek istemiyormuş. Bekçiye teşekkür edip yoluna devam etmiş. Epeyce bir süre yamaç yukarı gittikten sonra eski görünümlü, küçük bir kapıya varmışlar, kapı iki yanı ağaçlıklı toprak bir yola açılıyormuş. Ağaçlardan birinin altında, şapkasını alnına indirmiş, uyur gibi yatan bir adam varmış.

'İyi günler,' demiş yolcu.

Adam başını sallamış.

'Atım, köpeğim ve ben çok susadık.'

'Şurada taşların arasında bir pınar var,' diyen adam eliyle orayı işaret etmiş. 'İstediğiniz kadar su içebilirsiniz.'

Yolcu, atı ve köpeği pınara gidip susuzluklarını gidermişler.

Yolcu bekçiye teşekkür etmiş.

'İstediğiniz zaman yine gelebilirsiniz,' demiş bekçi.

'Buranın adı ne?'

'Cennet.'

'Cennet mi? Ama mermer kapıdaki bekçi bana orasının cennet olduğunu söyledi.'

'Orası cennet değil, cehennemdi.'

Yolcunun aklı karışmış. 'Sizin adınızı kullanmalarına niye izin veriyorsunuz? Yanlış bilgi vermeleri büyük karışıklığa neden olur!'

'Hiç de değil. Aslında onlar bize büyük bir iyilikte bulunuyorlar. En iyi dostlarına sırt çevirenlerin hepsi orada kalıyor çünkü.'"

Berta genç kadının başını okşadı, o kafanın içinde İyi ile Kötü'nün acımasızca savaştıklarını sezdi; genç kadına ormana gitmesini ve hangi kente gitmesi gerektiğini doğaya sormasını öğütledi.

"Çünkü dağların arasına sokulmuş küçük cennetimizin, çok geçmeden dostlarını yüzüstü bırakacağını tahmin ediyorum."

"Yanılıyorsunuz Berta. Siz başka kuşaktansınız. Eskiden Bescos'ta yaşayan canilerin damarlarındaki kan, benim damarlarımdakinden daha koyuydu. Buranın insanları onurludur. Onurları olmazsa birbirlerine güvenmezler. Güvenleri yoksa korkarlar."

"Tamam, o zaman yanılıyorum, demektir. Olsun; sözümü dinle yine de, doğaya kulak ver."

Chantal yola koyuldu. Berta da kocasının ruhuna döndü, sakin olmasını istedi ondan; Berta ne söylediğini biliyordu, yaşlandıkça deneyimi artmıştı, genç birine öğüt vermeye çalışırken durmadan sözünü kesmemeliydi kocası. Kendisine bakmayı öğrenmişti Berta, şimdi de köy için bir şeyler yapmalıydı.

Kocası temkinli olmasını istedi ondan, genç kadına da fazlaca öğüt vermemeliydi, ne de olsa bu hikâyenin nereye doğru gideceğini kimse bilmiyordu.

Berta şaşırdı, çünkü ölülerin her şeyi bildiklerine inanırdı. Ölmüş kocası onu köye yaklaşan tehlike konusunda uyarmamış mıydı? Belki de yaşlanmıştı kocası artık, çorbasını her zaman aynı kaşıkla içmek dışında başka saplantılar da edinmişti.

Kocası Berta'ya, yaşlanan sensin, dedi, ölüler hep aynı yaşta kalırlardı. Yaşayanların bilmedikleri şeyleri biliyorlardı, ancak yüksek rütbeli meleklerin yaşadığı yerlere kabul edilmeleri için daha uzun bir süreye ihtiyaç vardı. Kendisi henüz taze bir ölüydü (dünyayı terk edeli on beş yıl bile olmamıştı), karısına epeyce yardımı dokunabiliyorsa da daha öğreneceği çok şey vardı.

Berta ona, yüksek rütbeli meleklerin yaşadığı yer acaba daha mı güzel, daha mı rahat, diye sordu. Kocası da kendisinin rahat olduğunu, her şeyin yolunda gittiğini, bu şakalarına bir son verip tüm gücünü Bescos'u kurtarmakta kullanmasını istedi. Aslında Bescos'un kurtulup kurtulmaması pek de ilgilendirmiyordu onu –ne de olsa ölmüş biriydi artık– öldüğünden bu yana hiç kimse yeniden doğuş konusunu ağzına almamıştı (bu olasılıkla ilgili birkaç konuşmaya kulak misafiri olmuş olsa da), yeniden doğuş mümkün olsa bile, tanımadığı bir yerde yeniden dünyaya gelmeyi isterdi. Kendisi için önemli olan, karısının bu dünyadaki günlerini rahat ve huzur içinde geçirmesiydi.

"O zaman kafanı takma," diye düşündü Berta. Kocası bu öğüde kulak asmadı. Elinden geleni yapması için zorladı Berta'yı. Üç tanecik sokaktan oluşan, bir alanı, bir tek kilisesi bulunan Bescos gibi küçük ve izbe bir yerde bile olsa Kötü'nün galip gelmesi; daha sonra bütün vadiyi, bölgeyi, ülkeyi, kıtayı, denizleri, bütün dünyayı ele geçirmesi demekti.

11

Bescos'ta iki yüz seksen bir kişi yaşıyordu –köyün en yaşlısı Berta, en genci de Chantal'dı– ama sözü geçenler, otelin sahibesinin görevi, turistleri rahat ettirmekti; rahip, ruhların huzuruyla ilgilenirdi, belediye başkanı yasalarla; belediye başkanının karısı da belediye başkanı ve kararlarıyla haşır neşirdi; ayrıca, lanetli kurdun ısırdığı ve ölümden kurtulan demirci vardı, bir de yöredeki arazilerin büyük kısmının sahibi olan bir adam. Çocuk parkının yapımına karşı çıkan da bu adamdı, Bescos'un –uzun vadede– gelişeceğine inanıyor, o yörenin lüks binalar için çok uygun bir yer olduğunu düşünüyordu.

Köyün öteki sakinleri köyde ne olup bittiğiyle pek ilgilenmezdi; koyunları, tarlaları ve aileleri zaten onların bütün zamanını alıyordu. Otelin barına uğruyor, kilisedeki ayinlere katılıyor, yasalara uyuyor, aletlerini onarması için demirciye götürüyor, arada sırada da bir parça toprak satın alıyorlardı.

Arazilerin sahibi olan adam bara hiç uğramazdı. Yabancı'nın hikâyesini yanında çalışan bir kızdan öğrenmişti; o gece barda olan kız heyecanla eve koşmuş, arkadaşları ile patronuna, otele gelen müşterinin zengin bir adam olduğunu anlatmıştı; servetinin bir kısmını ele geçirmek uğruna ondan bir çocuk edinmeye değerdi. Gelecek günler için kaygılanan –ya da Chantal'ın hikâyesi ortalığa yayılır da köye avcılar ve turistler gelmez olur, diye korkan– adam, hemen bir kriz toplantısı istemişti. Chantal ormanda, Yabancı nerede olduğu bilinmeyen gezintilerdeyken, Berta da köyü kurtarması için neler yapması gerektiğini kocasıyla tartıştığı sırada, köyün ileri gelenleri olan altı kişi küçük kilisede, ayin eşyalarının korunduğu levazım odasında bir araya geldiler.

"Polise başvurmaktan başka çaremiz yok," diye söze başladı arazilerin sahibi olan adam. "Altın filan yok. Bu adamın tek amacı, yanımda çalışan kızı baştan çıkarmak."

"Siz ne dediğinizi bilmiyorsunuz, çünkü barda değildiniz," dedi belediye başkanı. "Altın gerçekten var. Chantal Prym, somut bir kanıt olmadan öyle boşuna konuşmaz. Ama bu bir şeyi değiştirmez, polise yine de haber vermemiz gerek. Bu yabancı herhalde aranan bir haydut; yakalayana ödül verilecektir, çaldıklarını burada gizlemeye çalışıyordur."

"Saçmalama!" diye atıldı belediye başkanının karısı. "Öyle olsaydı göze çarpmamaya çalışırdı."

"Sorun bu değil. Polise hemen haber vermeliyiz."

Herkes bu görüşteydi. Toplantıdakilerin sakinleşmesi için rahip şarap dağıttı. Yabancı'ya karşı ellerinde kanıt olmadığı için polise ne söyleyeceklerini görüşmeye başladılar. Chantal Prym'in suça teşvik nedeniyle tutuklanmasıyla da bitebilirdi her şey.

"Tek kanıt altın. Altın olmazsa bu işi çözemeyiz."

Doğru. Ama altın neredeydi? Altını bir tek kişi görmüştü, o da şimdi yerini bilmiyordu.

Rahip, arama ekipleri kurulmasını önerdi. Otelin sahibesi, odanın mezarlığa bakan penceresine gitti.

Önce bir yandaki, sonra öteki taraftaki dağları ve ikisinin arasındaki vadiyi işaret etti eliyle.

"Bu iş için yüz adamın yüz yıl uğraşması gerekir."

Mezarlığın tam da buraya kurulmuş olmasına için-den hayıflandı arazi sahibi. Harika bir manzarası vardı, oysa manzaranın ölülere yararı yoktu.

"Bir gün sizinle şu mezarlık işini konuşmak isterim," dedi rahibe. "Kilisenin yanı başındaki bu mezarlığa karşılık olarak ölüler için size bu yakınlarda çok daha büyük bir yer verebilirim."

"Eskiden ölülerin bulunduğu yerde inşaat yapmak için kim satın almak ister ki burayı?"

"Buralı biri almaz belki. Ama turistler yazlık evlere bayılırlar. Tek yapacağımız şey, Bescos'lulara çenelerini tutmalarını tembihlemek. Böylece köyümüze daha çok para gelir, belediye de daha çok vergi toplar."

"Haklısınız. Tek yapılacak şey, onlara ağızlarını sıkı tutmalarını söylemek. Bu da pek güç olmaz."

Birden bir sessizlik çöktü odaya. Uzayan sessizliği bozmaya kimse cesaret edemiyordu. Kadınların ikisi de dışarıdaki manzarayı seyrediyor, rahip küçük bir bronz heykelciği ovuyor, arazi sahibi kadehine biraz daha şarap koyuyor, demirci çizmesinin bağcıklarını çözüp çözüp bağlıyordu. Belediye başkanı da, randevusuna geç kalmış gibi durmadan saatine göz atıyordu.

Kimse yerinden kıpırdamıyordu. Şimdi mezarlığın bulunduğu araziyi satın almak isteyen biri çıkacak olsa Bescos'ta herkesin tek bir vücut olup susacağını hepsi biliyordu. Yok olmak tehlikesiyle karşı karşıya olan o izbe yere bu sayede yeni insanların gelip yerleştiğini görmenin hazzını tatmak için bile olsa. Çenelerini tuttukları için ceplerine beş kuruş bile girmeden hem de.

Bir düşünün, bu paranın elinize geçtiğini.

Bir düşünün, elinize geçecek para sizi hayatınızın sonuna kadar geçindirir.

Bir düşünün, elinize geçecek para hem sizi hem de çocuklarınızı hayatınızın sonuna kadar geçindirir.

Tam o anda kilisedeki odanın içinden bir rüzgâr geçti.

"Öneriniz ne?" diye sordu rahip, beş uzun dakikadan sonra.

Odadakiler ona döndüler.

"Bescos'luların bir şey söylemeyeceklerine eminsek görüşmelere devam edebileceğimizi düşünüyorum," diye yanıtladı onu arazi sahibi, yanlış anlaşılmamak, yani doğru anlaşılmak için sözcüklerini dikkatle seçmişti. "Buralılar namuslu, çalışkan, iddiasız insanlardır," diye devam etti otel sahibesi, onun da sözleri iki anlamlıydı. "Daha bu sabah, fırıncının genç çırağı neler olup bittiğini sorduğunda, hiç kimse ağzını açmadı. Bence onlara güvenebiliriz."

Yine sustular. Ama bu kez sıkıcı bir sessizlik oldu, artık geri dönüş yoktu, oyunu sürdürdüler; demirci söz aldı:

"Sorun, Bescos'luların dillerini tutmaları değil, bunu yapmanın ahlakdışı, kabul edilmesi olanaksız bir şey olması."

"Neyi yapmanın?"

"Kutsal toprakları satmanın."

Herkes derin bir soluk aldı. İşin uygulaması üzerinde epeyce yol aldıklarına göre artık ahlak konusuna geçebilirlerdi.

"Asıl ahlakdışı olan, Bescos'un çöküşüne seyirci kalmaktır," dedi belediye başkanının karısı. "Burada bizden sonra kimsenin yaşamayacak olmasına, geçmiş kuşakların, atalarımızın, Ahab'ın ve Keltlerin kurdukları düşün birkaç yıl içinde yok olmasına bile bile göz yummaktır. Çok geçmeden biz de buradan çekip gideceğiz. Kimimiz yaşlılar yurduna gidecek, kimimiz de büyük kentlere göç edecek, kente uyum sağlayamayan, geçmişe özlem duyan, ana babalarından aldıkları değerli mirası gelecek kuşaklara devredemedikleri için kederlenen bu güçsüz, şaşkın yaşlılarla ilgilenmeleri için çocuklarımıza yalvaracağız."

"Haklısınız," diye katıldı ona demirci. "Sürdüğümüz bu yaşam ahlakdışı. Bescos yok olup giderse bu tarlalar bir anda sahipsiz kalır ya da yok pahasına satılır. Makineler gelir, daha düzgün sokaklar açılır. Evler yerle bir edilir, atalarımızın vaktiyle binbir güçlükle diktikleri taş binaların yerinde metal yapılar yükselir. Tarlalar makinelerle sürülür, tarım işçileri sabah gelir ve akşam da uzak yerlerdeki evlerine dönerler. Bizim kuşağımız bundan utanç duymalı. Çocuklarımızın gitmesini engelleyemedik, onları burada tutamadık."

"Ne pahasına olursa olsun Bescos'u kurtarmalıyız," dedi arazilerin sahibi olan adam, oysa köyün yok olmasından kazanç sağlayacak tek kişi oydu; her şeyi satın alabilir ve sonradan büyük kârla büyük bir şirkete satabilirdi. Ama altında belki de bir servet yatan toprakların yok pahasına elden çıkmasına da razı değildi.

"Siz ne düşünüyorsunuz, peder?" diye sordu otelin sahibesi.

"Benim iyi bildiğim tek şey, dinim; bir tek insanın fedakârlığı, bütün insanlığı kurtarmıştı."

Bir kez daha sessizlik çöktü ortalığa, ama bu uzun sürmedi. "Cumartesi ayinine hazırlanmam gerek," diye devam etti peder. "Bu akşam yeniden buluşalım mı?"

Herkes kabul etti bu fikri, buluşacakları saati kararlaştırdıktan sonra acele işleri varmışçasına oradan bir anda çıkıp gittiler.

Aralarında serinkanlılığını yitirmeyen tek kişi belediye başkanıydı.

"Az önce söylediğiniz şey çok ilginç, mükemmel bir vaaz konusu olurdu. Bence bugün hepimiz ayine katılmalıyız."

12

Chantal artık tereddüt etmedi. "Y" biçimli kayaya gitti, altını eline geçirince neler yapacağını tasarladı. Eve gidecek, biriktirdiği parayı alacak, sağlam ayakkabılar giyecek, yoldan aşağı vadiye yürüyecek, geçen bir arabayı durduracaktı. Bahis mahis yoktu. Bu insanlar, ellerini uzatsalar tutabilecekleri o serveti hak etmiyorlardı. Yanına bavul da almayacaktı. Güzel, ama saçma sapan söylenceleriyle, namuslu ama ödlek halkıyla, sürekli aynı şeyleri konuşan insanların doldurduğu barıyla, artık gitmediği kilisesiyle Bescos'u bir daha dönmemek üzere terk ettiğinin fark edilmesini istemiyordu. Elbette otobüs terminalinde polis kendisini bekliyor olabilirdi, Yabancı onu hırsızlıkla suçlamış olabilirdi falan filan. Ama artık her türlü riski göze alacak duruma gelmişti Chantal.

Daha yarım saat önce duyduğu kin, şimdi yerini çok daha hoş bir duyguya bırakmıştı: öç alma duygusu.

Köydekileri, saf ve sözümona iyi yürekli ruhlarının kuytusunda gizli olan kötülükle ilk kez karşı karşıya getiren kişinin kendisi olması sevindiriyordu Chantal'ı. Herkes suç işlediğini hayal ediyordu; bunu yalnızca hayal ediyorlardı, çünkü hiçbiri suç işleyemezdi. Yoksul yaşamlarının son gününe kadar, soylu davrandıklarını, haksızlık yapmanın ellerinden gelmediğini, köyün onurunu ne olursa olsun korumak zorunda olduklarını yineleyip duracaklardı; öte yandan masum bir insanı öldürememelerinin tek nedeninin korku olduğunu bileceklerdi. Her sabah kalktıklarında, tutarlılıklarını korudukları için övünecek, geceleri ise ellerine geçmiş olan fırsatı kaçırdıkları için yerineceklerdi.

O günleri izleyen üç ay boyunca barda konuşulacak tek konu, yüce gönüllü köy sakinlerinin dürüstlüğü olacaktı. Sonunda, av mevsimi açıldığında, yabancıların kulağına bir şey gitmemesi için bu konuya bir süre değinilmeyecekti. Yabancılar, her şeye başka bir gözle bakarlardı, her şeyden soyutlanmış bir yerde bulunduklarını, orada dostluk ve iyiliğin hüküm sürdüğünü, doğanın oraya cömert davrandığını, hatta küçük dükkânda –otelin sahibesi oraya "butik" demeyi severdi– satılan doğa ürünlerinde bile oradaki ruhun tadının bulunduğunu düşünmekten hoşlanırlardı.

Ama av mevsimi sona erecek ve Bescos'lular yine en gözde konuşma konularına geri döneceklerdi. Ellerinden kaçırdıkları paranın arkasından geceler boyu gözyaşı döktükten sonra bu olayla ilgili varsayımlar üreteceklerdi. Neden kimse, gecenin karanlığından yararlanarak o yaşlı, işe yaramaz Berta'yı on külçe altın karşılığında öldürme cesaretini gösterememişti? Her sabah koyunlarını dağa götüren çoban Santiago'nun başına neden bir av kazası gelmemişti? Ellerine geçmiş olan fırsatları, önce serinkanlılıkla, sonra öfkelenerek hayal edeceklerdi.

Bir yıl geçmeden herkes birbirinden nefret ediyor olacaktı; köye bir fırsat verilmiş, köylüler bundan yararlanamamışlardı. İz bırakmadan ortadan kaybolan Chantal Prym'e ne olduğunu merak edeceklerdi elbette, belki de Yabancı'nın toprağa gömdüğü altını alıp kaçmıştı. O öksüz, o nankör yaratık, büyükannesinin ölümünden sonra herkesin yardım elini uzattığı ve ne bir koca bulabildiği ne de oradan çekip gidebildiği için bardaki bu işe girmesine aracı olduğu; otelin müşterileriyle –çoğunlukla yaşlı adamlardı bunlar– yatan ve fazladan bahşiş koparabilmek için bütün turistlere çapkın bakışlar atan o hafifmeşrep kız; herkes onu tefe koyacaktı.

Bescos'lular kendilerine acıyarak ya da kendilerinden nefret ederek bir ömür geçireceklerdi. Chantal mutluydu, bu onun intikamıydı. Ekmek kamyonetinin çevresindeki insanların bakışlarını hiçbir zaman unutmayacaktı, kendilerinin asla işlemeyi göze alamadıkları bir suç konusunda dilini tutması için ona sessizce yalvarmışlardı; bu korkaklıklarının gün ışığına çıkması Chantal'ın suçuymuş gibi sonra da ona cephe almışlardı.

İşte gelmişti, Y biçimindeki kayanın karşısındaydı. Kayanın yanında, iki gün önce toprağı kazdığı dal duruyordu. Chantal, kendisini namuslu bir insandan bir hırsıza dönüştürecek olan hareketi yapmadan önce durup o ânın tadını çıkardı.

Hırsız değildi. Yabancı onu kışkırtmış, Chantal da hakkını almıştı. Çalmamıştı, bu berbat komedide aracı rolü oynadığı için ücretini almıştı. Bir külçe altını hak etmişti, hem de bir tek külçeyi de değil; ekmek kamyonetinin yanında, bu cinayet işlememiş katillerin bakışlarına göğüs germek zorunda kaldığı için, bütün hayatını bu köyde çürüttüğü ve zavallı ruhu –eğer bir ruhu varsa elbette– lanetlendi, diye üç geceyi uykusuz geçirdiği için.

Yumuşak toprağı kazdı, altın külçesini gördü. Tam onu gördüğü sırada kulağına bir ses geldi.

Biri onu izlemişti. Yaptığı hareketin anlamsızlığını bile bile açtığı çukurun üzerine hemen biraz toprak attı. Arkasında duranın Yabancı olması olasılığına karşılık, altını aradığını, Yabancı'nın bu patikada dolaştığını bildiğini ve kendisinin o gün yeni kazılmış toprağı gördüğünü söylemeye hazırlandı. Ama arkasına döndüğünde dili tutuldu, çünkü karşısında duranı, ne altınlar ne köydeki kriz ne de dürüstlük ile dürüst olmamak arasındaki fark ilgilendiriyordu. Onu ilgilendiren yalnızca kandı.

Sol kulağında beyaz bir leke vardı; lanetli kurt.

Kurt, Chantal ile yandaki ağacın arasında durdu. Önünden geçip gitmek olanaksızdı. Chantal, kurdun mavi gözlerinden büyülenmiş gibi hareketsiz kalakaldı. Kafasını deli gibi çalıştırıyor, bundan sonra atacağı adımı tasarlıyordu. Bir dal alsaydı eline? Ama kurdun saldırısına karşı koruyamazdı Chantal'ı. "Y" biçimindeki kayaya tırmansa? Çok alçaktı; lanetli kurt konusundaki söylentilere boş verip sürüsünden ayrılmış bir kurttur, diye bu kurda meydan okusa? Hepsi de tehlikeliydi bunların, iyisi mi bütün söylencelerde bir gerçek payı olduğunu akılda tutmalıydı.

"Ceza."

Haksız bir ceza alıyordu, hayatındaki her şey gibi. Tanrı, insanlara duyduğu nefretin acısını Chantal'dan çıkarmak istiyordu galiba.

İçinden gelen bir dürtüyle ve iyice ağırdan alarak elindeki dalı yere bıraktı, korunmak için kollarını boynuna doladı. Kurt onu boynundan ısırmamalıydı. Keşke deri pantolonumu giymiş olsaydım, diye düşündü. Boynundan sonra en tehlikeli yer, bacağıydı, eğer kurt Chantal'ı bacağından ısırırsa ve damara denk gelirse, on dakika içinde kan kaybından ölürdü. En azından, giydikleri uzun çizmeleri haklı göstermek isteyen avcılar öne sürüyorlardı bunu.

Kurt ağzını açıp hırladı. Tehdit etmekle kalmayıp saldırmaya hazırlanan birinin çıkardığı boğuk, tehlikeli bir sesti bu. Chantal, yüreği ağzına gelmesine karşın gözlerini kurdun gözlerine dikti, çünkü kurt dişlerini göstermeye başlamıştı.

Bir zaman sorunuydu bu. Ya saldıracak ya da gidecekti kurt; ama Chantal onun saldıracağını biliyordu. Ayağının takılabileceği gevşemiş bir taş var mı, diye çevresine bakındı ama göremedi. O zaman hayvanın olduğu tarafa doğru koşmaya karar verdi. Hayvanın onu bacağından ısırmasını göze alarak ağaca doğru koşacaktı. Bu acıya katlanmalıydı.

Altını düşündü. Altını almak için çok geçmeden geri geleceğini düşündü. Sivri dişlerin etini parçalayacağı, kemiğinin ortaya çıkacağı, hatta yere düşeceği ve kurdun onun boynuna saldıracağı düşüncesine katlanabilecek gücü kazanmak için aklına gelen her umudu büyütüyordu içinde.

Koşmaya hazırlandı.

O anda tıpkı bir filmdeymiş gibi, kurdun arkasında birinin belirdiğini gördü, bu görünen kişi epeyce uzaktaydı.

Hayvan bir başkasının varlığını sezdi, ama kafasını çevirmedi; Chantal da gözlerini ondan ayırmadı. Sanki yalnızca bu bakışların gücü, saldırıya engel oluyordu. Eğer gelen varsa Chantal'ın hayatta kalma şansı artmış demekti; sonunda altını elinden kaçırmak pahasına bile olsa. Kurdun arkasındaki gölge sessizce yere çömeldi, sonra sol tarafa doğru gitti. Chantal orada tırmanılması kolay bir başka ağaç daha bulunduğunu biliyordu. Tam o sırada kurdun yakınına bir taş düştü. Kurt bir anda geri dönüp taşın geldiği yere doğru atıldı.

"Haydi kaçın!" diye haykırdı Yabancı.

Chantal kaçabileceği tek yere doğru koştu, o sırada Yabancı da bir hamlede öteki ağaca tırmanmıştı. Lanetli kurt yanına vardığında adam çoktan güvendeydi. Kurt hırlamaya, zıplamaya başladı, ara sıra ağacın gövdesine biraz tırmandığı oluyordu, ama her seferinde aşağı kayıyordu.

"Birkaç dal koparın!" diye bağırdı Chantal.

Ama Yabancı uyuşmuş gibiydi. Chantal üst üste bağırdı, bir kez, iki kez, üç kez; Yabancı onun ne dediğini anlayıncaya kadar bağırmaktan vazgeçmedi. Sonunda Yabancı, dalları koparıp hayvanın üzerine atmaya başladı.

"Yo, öyle değil! Dalları koparın, bir demet yapın ve tutuşturun!" diye bağırdı Chantal umarsızca. "Yanımda çakmak yok ama siz benim dediğimi yapın!"

Yabancı, dalları bir demet yaptı, onları tutuşturması asırlar sürdü sanki. Bir gün önce yağan yağmurdan dolayı hepsi sırılsıklamdı, üstelik bu mevsimde güneş de ağaca ulaşamıyordu.

Chantal'ın gözü adamın üzerindeydi. Bu adamın başına geleceklerle hiç mi hiç ilgilenmiyordu, orada kalabilir, nasıl ki dünyaya dehşet salmak istiyorsa kendisi de aynı dehşeti yaşayabilirdi. Ne var ki kendisinin ölümden kurtulması ve oradan kaçıp gidebilmesi için o adama yardımcı olması şarttı.

"Haydi bakalım, bir erkek olduğunuzu kanıtlayın!" diye bağırdı Chantal. "Ağaçtan inin, meşaleyi dimdik tutun ve kurda doğru uzatın!"

Yabancı felç olmuş gibiydi.

"İnin haydi!"

Bu kez Yabancı harekete geçti, Chantal'ın sesindeki otoriteydi onu harekete geçiren; Chantal'a bu gücü verene duyduğu dehşetti; bu güç sayesinde, gecikmeden tepki verebiliyor, korkusunu ve acısını erteleyebiliyordu. Yabancı, elinde meşaleyle yere atladı, yüzüne sıçrayan kıvılcımlara aldırmıyordu. Kurdun dişlerini ve ağzının çevresindeki köpükleri gördü. Korkusu büyüdü ama bir şey yapmak zorundaydı; karısı kaçırıldığında, kızları öldürüldüğünde yapmış olması gereken bir şey.

Genç kadının, "Gözünüzü hayvandan ayırmayın!" diye seslendiğini duydu.

Söz dinledi. Geçen dakikalarla birlikte her şey kolaylaşıyordu, artık düşmanın silahlarını değil, kendi içindeki düşmanı görüyordu. İkisinin de güçleri aynıydı, karşısındakini korkutmak, dehşete düşürmek konusundaki yetenekleri eşitti.

Ayakları yere değdi. Kurt ateşi görünce geri çekildi. Hırlıyor, adamın çevresinde sıçrıyor ama yaklaşamıyordu.

"Saldırın ona!"

Hırlaması artan, dişlerini gösteren ama yine de gerilemeye devam eden hayvanın üstüne yürüdü adam.

"Peşinden gidin! Buradan uzaklaştırın!"

Meşalenin ateşi harlanmıştı, Yabancı'nın elleri neredeyse yanıyordu. Fazla zamanı kalmamıştı. Uzun uzadıya düşünmeden, gözleri hayvanın kötü bakışlı mavi gözlerine dikilmiş olarak kurda doğru koştu. Kurt hırlamayı ve sıçramayı kesti, bir hamlede ormanın içine daldı.

Chantal yıldırım gibi ağaçtan aşağı indi, hemen yerden birkaç dal topladı ve kendisine de bir meşale hazırladı.

"Hemen gidelim, gelin!"

"Nereye?"

Nereye mi? Birlikte geldiklerini herkesin göreceği Bescos'a mı? Ateşin bir işe yaramayacağı bir başka tuzağa mı? Chantal kendini yere bıraktı, sırtında müthiş bir acı duydu, kalbi yerinden fırlayacakmış gibi atıyordu. "Ateş yakın," dedi Yabancı'ya. "Bırakın da biraz düşüneyim." Hareket etmeye çalışınca hançeresinden bir çığlık yükseldi. Sırtına, kürekkemiklerinin arasına bıçak saplanmış gibi hissediyordu. Yabancı kuru yapraklarla dalları topladı ve bir ateş yaktı. Chantal her kımıldanışında acıyla kıvranıyor, usul usul inliyordu. Ağaca tırmanırken bir yerini epeyce incitmiş olmalıydı.

"Kaygılanmayın, bir yeriniz kırılmamış," dedi Yabancı, Chantal'ın acıyla gerilmiş yüzünü gördüğünde. "Bunu bilirim. İnsanın bedeni fazlasıyla gerilince kaslar tutulur ve bize böyle bir oyun oynar. Masaj yapmamı ister misiniz?"

"Bana dokunmayın, yanıma da yaklaşmayın. Susun yeter!"

Acı, korku, utanç. Chantal altını gömülü olduğu yerden çıkardığında Yabancı mutlaka arkasında duruyordu. Şeytan yoldaşıydı onun ve şeytanlar ruhları iyi tanıdıkları için bu kez Chantal'ın altını çalacağını biliyordu mutlaka.

O anda bütün köyün bir cinayet işlemek konusunu düşündüğünü de bildiği gibi. Korktukları için hiçbir şey yapmayacaklarını bildiği gibi, oysa köylülerin niyetleri bile Yabancı'nın sorusunu yanıtlamaya yetiyordu: Evet, insanın özünde kötülük yatar. Chantal'ın kaçıp gideceğini de biliyordu. Dünkü bahis artık geçerli değildi. El değmemiş hazinesini ve doğrulanmış tahminlerini alıp geldiği yere dönebilirdi Yabancı.

Chantal oturduğu yerde bir nebze rahat edeceği bir konum almaya çalıştı ama olmadı. Hiç kımıldayamıyordu. Kurt ateşe yaklaşamazdı ama çok geçmeden çevrede dolaşan çobanlar onların varlığını fark ederdi. Böylece Yabancı ile Chantal birlikte görülmüş olurlardı.

Birden aklına o günün cumartesi olduğu geldi. Bescos'luların, minik heykeller, ünlü tabloların röprodüksiyonları, alçıdan yapılma aziz heykelcikleriyle dolu evlerinde vakit geçirmeye çalıştıklarını düşündü; bu cumartesi, İkinci Dünya Savaşı'nın bitiminden bu yana geçirdikleri en eğlenceli hafta sonuydu.

"Benimle konuşmayın!"

"Ben bir şey demedim ki!"

Chantal ağlamak üzereydi, ama bu adamın önünde gözyaşlarını koyuvermek istemiyordu, bu yüzden kendini tuttu.

"Sizin hayatınızı kurtardım. Altını hak ettim."

"Ben de sizin hayatınızı kurtardım. Yoksa kurt size saldırırdı."

Doğruydu.

"Öte yandan sizin, benim içimdeki bir şeyi kurtarmış olduğunuza inanıyorum," diye devam etti Yabancı.

Numaraydı bu. Adamın söylediğini duymamış gibi yapacaktı. Böylece hazineyi alabilir, çekip gidebilir, bu işi bitirebilirdi, işte o kadar.

"Şu dünkü bahis. Öyle büyük bir acı çekiyordum ki, herkesin de mutlaka benim kadar acı çekmesini istiyordum. Tek tesellim bu olacaktı. Siz haklıydınız."

Yabancı'nın içindeki şeytan, bu duyduklarından hiç hoşlanmamıştı. Chantal'ın şeytanından yardım istedi, ama o Chantal'ın içine henüz girmişti ve genç kadını tam anlamıyla denetimi altına alamamıştı.

"Bu bir şeyi değiştirir mi?" diye sordu Chantal.

"Hayır. Bahis hâlâ geçerli, kazanacağımı biliyorum. Ne kadar sefil bir durumda olduğumu anlıyorum, neden kendimi böyle sefil durumda hissettiğimi de... Sanırım başıma gelenleri hak etmiyorum da ondan."

Chantal oradan nasıl kurtulabileceklerini düşündü. Henüz öğlen olmamıştı, yine de burada sonsuza kadar kalamazlardı elbette.

"Bakın, o altını hak ettiğimi düşünüyorum, bana engel olmadığınız takdirde onu alacağım," dedi. "Size de aynı şeyi öneririm. İkimiz de Bescos'a geri dönmek zorunda değiliz. Doğruca vadiye inebilir, yoldan geçen bir arabayı durdurabiliriz, sonra da herkes kendi yoluna gider."

"İsterseniz siz gidebilirsiniz. Ama tam şu anda Bescos'lular, kimin öleceğine karar veriyorlar."

"Olabilir. Önümüzdeki iki gün, süre sona erinceye kadar, bunun üzerinde düşünecekler. Sonra iki yıl kadar kurban kim olabilirdi, diye tartışacaklar. İş, harekete geçmeye gelince hiçbir zaman karar veremezler, suçu başkalarının üzerine atmaya gelince de iyice insafsız olurlar. Köyümü tanırım ben. Geri dönmezseniz, sizi unutup giderler. Bütün bunları benim uydurduğuma inanırlar."

"Bescos'un dünyadaki öteki köylerden farkı yok, burada olanlar her kıtada, her kentte, her orduda, her manastırda, her yerde olur. Ama siz bunu anlamak istemiyorsunuz, bu kez kaderin bana yardımcı olduğunu da: Benimle işbirliği yapması için doğru insanı seçmişim.

Seçtiğim kişi, dış görünüşte çalışkan, dürüst bir kadına benziyor; ama aynı zamanda öç almak da istiyor. Düşmanı göremezsek –bu hikâyeyi en uç noktasına götürürsek, bizim gerçek düşmanımız Tanrı olur, bütün bunları yaşamamıza neden olan Tanrı– öfkemizi çevremizden çıkarırız. İntikam duygusu tatmin edilmezse yaşama yöneltir kendini."

"Neden konuşup duruyoruz burada?" diye sordu Chantal hırsla; hırslıydı çünkü dünyada en çok nefret ettiği insan, ruhunu avucunun içi gibi biliyordu. "Neden altını alıp kaçmıyoruz buradan?"

"Hayatta en çok iğrendiğim şeyi –karım ile kızlarımın başına gelen nedensiz bir cinayeti– başkalarına önerdiğimde, aslında kendimi kurtarmak istediğim kafama dank etti de ondan. İkinci görüşmemizde size sözünü ettiğim filozofu anımsıyor musunuz? Sonsuz yaşamının her saniyesinde insanların tutumu yüzünden acı çektiği için Tanrı'nın cehenneminin, insanlara duyduğu sevgi olduğunu söyleyen filozofu?

Aynı filozof bir şey daha söylemişti: "En iyi tarafımıza ulaşmak için en kötü tarafımıza da ihtiyaç duyarız."

"Anlayamadım."

"Eskiden sırf intikamı düşünürdüm. Tıpkı sizin köyünüzün halkı gibi ben de bir şey hayal eder, sabahtan akşama kadar planlar yapar, ama harekete geçmezdim.

Uzunca bir zaman, benimkine benzer koşullarda sevdiklerini kaybetmiş olanların öykülerini gazetelerden izlemiştim. Onların tepkisi, benimkinin tam tersi olmuştu. Kurbanlara yardım komiteleri oluşturmuşlar, adaletsizliğe karşı çıkmak için dernekler kurmuşlar, öç almak için girişilen hiçbir şeyin, sevilen kişinin kaybından duyulan acıyı gidermeyeceğini, gidermemesi gerektiğini gösterecek kampanyalar düzenlemişlerdi.

Her şeyi daha hoşgörülü bir açıdan görmeye de çalıştım. Ama başaramadım. Oysa artık cesaretimi topladım, işi bu dereceye getirdim ve ta geride bir ışık olduğunu keşfettim."

"Devam edin," dedi Chantal, o da bir ışık görmüştü.

"Ben insanlığın yozlaştığını filan kanıtlamak istemiyorum. Ben başıma gelenleri bilinçsizce dilemiş olduğumu kanıtlamak istiyorum daha çok; çünkü ben kötüyüm, alçağın biriyim, hayatın bana layık gördüğü cezayı da hak ettim."

"Siz Tanrı'nın adil olduğunu kanıtlamak istiyorsunuz."

Yabancı düşündü.

"Olabilir."

"Tanrı'nın adil olup olmadığını bilmiyorum. En azından benimle ilgili olarak pek de dürüst davranmadı. Bu durum benim içimde bir yetersizlik duygusu uyandırdı; bu da ruhumu acıtıyor. Olmak istediğim kadar iyi olamıyorum bir türlü, gerektiği kadar kötü de olamıyorum. Birkaç dakika önce Tanrı'nın, insanların ona verdikleri bütün kederlerin öcünü almak için beni seçmiş olduğunu düşünüyordum."

"Sanırım siz de aynı kuşkuları yaşıyorsunuz, ama sizinkiler daha büyük. Sizin iyiliğiniz hiçbir zaman ödüllendirilmemiş."

Chantal kendi söylediğine kendisi de şaşırmıştı. Yabancı'nın şeytanı, genç kadının meleğinin ışıldadığını ve durumun tersine dönmekte olduğunu fark etti.

"Bir şeyler yap," diye fısıldadı karşıdaki şeytana.

"Yapıyorum ya," diye yanıt verdi öteki. "Ama zorlu bir savaş oluyor."

"Sizin sorununuzun temelinde Tanrı'nın adil olup olmadığı yatmıyor," dedi adam, "kendinizi hep koşulların kurbanı yapmış olduğunuz gerçeği yatıyor. Sizin durumunuzda olan pek çok kişi tanıyorum."

"Örneğin sizin gibi."

"Hayır. Ben başıma gelen bir şeye karşı isyan ettim, insanların benim yaptığımı iyi bulup bulmamaları umurumda değil. Siz ise zavallı öksüz rolünü kabullendiniz, ne pahasına olursa olsun başkaları tarafından benimsenmek istediniz. Aslında siz Bescos'takiler gibi olmak istiyorsunuz, aslında hepimiz başkaları gibi olmak isteriz. Oysa kader size başka bir hikâye layık görmüş."

Chantal başını salladı.

"Haydi bir şey yap," dedi Chantal'ın şeytanı, meslektaşına. "Kendisi 'hayır' dese bile ruhu durumu anlar ve 'evet' der."

Yabancı'nın şeytanı kendini aşağılanmış hissetti, çünkü bu yeni gelen şeytan, kendisinin Yabancı'yı susturacak güce sahip olmadığını hemen anlayıvermişti.

"Konuşmakla bir şey elde edemezler," dedi. "Bırakalım konuşsunlar, hayat onların farklı davranmalarını sağlayacaktır."

"Sözünüzü kesmek istemezdim," dedi Yabancı. "Tanrı'nın adaletinden söz ediyordunuz."

Yabancı'nın bunu sorması Chantal'ı rahatlattı, kendisi hakkında başka gerçekler duymak istemiyordu.

"Bir anlamı olup olmadığını bilmiyorum ama belki

farkındasınızdır, kilisesi olmasına karşın Bescos, pek de öyle dini bütün bir yer değildir. Bunun da nedeni, Aziz Savinus sayesinde din değiştirmiş olsa da Ahab'ın, rahiplerin insanlar üzerindeki etkisi konusunda ciddi tereddütleri olmasıydı. Bu yörenin sakinlerinin çoğu haydut-tu; rahipler gelip de, cehenneme gideceksiniz, diye onları sürekli tehdit ederlerse yeniden eski hallerine dönebilirlerdi. Ahab bundan korkuyordu. Kaybedecek bir şeyi olmayanlar, cenneti filan düşünmezler.

"Çok geçmeden ilk rahip geldi buraya, Ahab tehlikeyi hemen hissetmişti. Bu tehlikeyi savuşturmak için Musevilerden öğrendiği bir şeyi uyguladı: bağışlanma gününü. Ama kendince bir ritüel uygulayarak.

Yılda bir kez herkes evlerine kapanıyor, iki liste hazırlıyor, en yüksek dağa yüzlerini dönüyor ve birinci listeyi göğe uzatıyorlardı.

'Tanrım, burada sana karşı işlediğim günahlar yazılı,' diyorlar ve işledikleri günahları okuyorlardı. Ticarette hile, eşe ihanet, haksızlıklar filan... 'Ağır günahlar işledim, sana karşı geldiğim için beni bağışlamanı istiyorum.'

Sonra da –bu, Ahab'ın icadıydı– Bescos'lular ceplerinden ikinci bir liste çıkarıyor, onu da göğe uzatıyor ve yine aynı dağa yüzlerini dönüyorlardı. Ve aşağı yukarı şöyle söylüyorlardı: 'Tanrım, burada da senin bana karşı işlediğin günahların listesi var; beni gereğinden çok çalıştırdın, onca duama rağmen kızım hastalandı, soyuldum, dürüst olmaya çalıştım ama gereğinden çok acı çektim.'

İkinci liste de okunduktan sonra Bescos'lular ritüeli şu sözlerle bitiriyorlardı: 'Sana karşı haksız davrandım. Sen de bana karşı haksız davrandın. Ama bugün bağışlama günü, sen benim günahlarımı unutacaksın, ben de seninkileri, böylece bir yıl daha birlikte olabiliriz.'"

"Tanrı'yı bağışlamak," dedi Yabancı. "Durmadan yapan ve sonra da yıkan acımasız bir Tanrı'yı bağışlamak."

"Bu konuşmanın tadı kaçtı bence," dedi Chantal ve gözlerini başka yöne çevirdi. "Ben hayattan, size bir şeyler öğretecek kadar çok şey öğrenmedim henüz."

Yabancı sustu.

"Bu iş benim hiç hoşuma gitmiyor," diye düşündü Yabancı'nın şeytanı; Yabancı'nın yanı başında bir ışık parıldadığını görmüştü, oysa hiç mi hiç tahammül edemezdi böyle bir şeye. Bu ışığı, iki yıl önce dünyanın pek çok sahilinden birinde lanetlemişti.

13

Bescos'lular, yakın zamanlara kadar vaftiz törenlerine ve düğünlere, gitgide sıklaşan cenaze törenlerine ve Noel ayinlerine giderlerdi, ama rahip, sayısız söylenceler, Keltlerin ve Protestanların etkileri ve azizlerle haydutların bir arada bulunması yüzünden Bescos'un pek de dini bütün bir yer olmadığını biliyordu. Cumartesi ve pazar günleri saat on birde yapılan ayine gelenlerin sayısı pek azdı. Rahip yine de uyguluyordu ayinleri, köydeki varlığını geçerli kılmak, dindar ve çalışkan bir adam izlenimi bırakmak için tek başına bile olsa uyguluyordu.

O gün kiliseyi dolu görünce şaşırdı, hatta birkaç kişi yer bulamayıp altarın çevresine doluşmuştu. Her zamanki gibi tavandaki iki elektrikli ısıtıcıyı yaktırmak yerine iki yandaki küçük pencereleri açtırdı rahip, çünkü içerdekiler terlemeye başlamışlardı. Bu terlemenin, sıcak nedeniyle mi, yoksa kilisenin içinde kendini hissettiren gerginlik nedeniyle mi olduğunu düşündü.

Chantal Prym dışında bütün köy gelmişti; Chantal herhalde bir önceki akşam söylediklerinden utanç duyuyordu; bir de Berta yoktu, büyük olasılıkla dinle arası pek iyi olmayan şu yaşlı cadı.

"Baba, Oğul ve Kutsal Ruh adına."

Bu cümlenin arkasından güçlü bir "Âmin!" sesi yükseldi. Rahip ayine başladı, dualardan sonra bir rahibe İncil'deki "havarilerin mektupları"nı okudu. Rahip de ağır ağır İncil'den bir bölüm okudu. Sonra bankların önünde dikilenlerin oturmalarını istedi, ötekiler ayakta kaldı.

Şimdi sıra vaazdaydı. Rahip vaazına "Luka İncili" nden bir bölümle başladı:

> "İyi öğretmenim, sonsuz yaşama kavuşmak için ne yapmalıyım?" diye sordu. İsa, "Bana neden iyi diyorsun?" dedi. "İyi olan yalnız biri var, O da Tanrı'dır..."[1]

"Bu kısa bölüm üzerinde yıllarca düşündüm ve peygamberimizin ne demek istediğini anlamaya çalıştım. Kendisinin iyi olmadığını mı söylüyordu? Merhamet düşüncesi üzerine kurulu Hıristiyanlık, kendini kötü bilen birinin öğretilerine mi dayanıyordu? Sonunda kavradım: İsa bunu söylerken kendi insan doğasını kastediyordu. İnsan olarak kötüdür o. Tanrı olarak iyidir."

Cemaatinin bu sözler üzerinde düşünebilmesi için rahip sözlerine ara verdi. Ama kendini kandırıyordu: İsa'nın ne demek istediğini hâlâ anlamamıştı, çünkü eğer İsa'nın insan doğası kötü olsaydı, sözleri ve davranışları da kötü olurdu. Ama bu teolojik bir tartışmaydı, şimdi sırası değildi. Önemli olan, yaptığı açıklamanın, karşısındakileri ikna etmesiydi.

"Sözü uzatmayacağım. Sefil, yozlaşmış bir doğamız olduğunu kabul etmenin, *conditio humana*'nın[2] bir parçası olduğunu anlamanızı istiyorum; İsa'nın kendisini insanlığın kurtuluşu için feda etmesi sayesinde cehennemde yanmaktan kurtulduğumuzu bilmelisiniz. Tekrar edi-

1. Yeni Ahit, "Luka", 18:18-19. (Ç.N.)
2. (Lat.) İnsanlık hali. (Y.N.)

yorum: Bizi kurtaran, Tanrı'nın Oğlu'nun kendini feda etmesidir. Bir tek insanın kendini feda etmesidir.

Bu vaazımı Kutsal Kitap'tan aldığım bir bölümle bitirmek istiyorum, "Eyüp Kitabı"nın baş kısmından:

> Bir gün ilahî varlıklar RAB'bin huzuruna çıkmak için geldiklerinde, Şeytan da onlarla geldi. RAB Şeytan'a, 'Nereden geliyorsun?' dedi.
>
> Şeytan, 'Dünyada gezip dolaşmaktan,' diye yanıtladı.
>
> RAB, 'Kulum Eyüp'e bakıp da düşündün mü?' dedi. 'Çünkü dünyada onun gibisi yoktur. Kusursuz, doğru bir adamdır. Tanrı'dan korkar, kötülükten kaçınır.'
>
> Şeytan, 'Eyüp Tanrı'dan boşuna mı korkuyor?' diye yanıtladı. 'Onu, ev halkını, sahip olduğu her şeyi sen çitle çevirip korumadın mı? Elleriyle yaptığı her şeyi bereketli kıldın. Sürüleri bütün ülkeye yayıldı. Ama elini uzatır da sahip olduğu her şeyi yok edersen, yüzüne karşı sövecektir.'[1]

Böylece şeytan Tanrı'ya meydan okur. Tanrı da bu bahse girişir. En sevdiği kişiyi her yıl cezalandırır. Eyüp kendini, anlayamadığı bir gücün karşısında görür, en adil güç olarak görmüştür onu; ama bu güç elinden hayvanlarını alır, çocuklarını öldürür, bedenini yaralar içinde bırakır. Eyüp korkunç acılar çektikten sonra Tanrı'ya başkaldırır ve hakkını arar. İşte tam o anda Tanrı ona, elinden aldıklarını geri verir.

Yıllardır bu köyün yozlaşmasına tanık oluyoruz. Ve acaba, bu Tanrı'nın bir cezası mı, diye kendime sormaya başlıyorum; çünkü biz, başımıza gelenleri hiç yakınmadan kabulleniyoruz; sanki yaşadığımız köyü, sürdüğümüz

1. Eski Ahit, "Eyüp", 1:6-11. (Ç.N.)

tarlaları, otlaklarımızı, atalarımızın düşlerine uygun olarak inşa edilen evleri kaybetmeyi hak etmişiz gibi. Acaba başkaldırmamız gereken saat gelmiş olabilir mi? Tanrı Eyüp'ü buna zorladıysa bizi de zorluyor olamaz mı?

Tanrı Eyüp'ü neden bu işe zorladı? Onun doğasında kötülük olduğunu ve her şeyi iyi davranışı sayesinde değil, Tanrı verdiği için elde ettiğini kanıtlamak amacıyla. Kendimizi olduğumuzdan daha iyi sandık; bu bir günahtı, bu gururumuz yüzünden de şimdi cezalandırılıyoruz.

Tanrı şeytanla bahse tutuştu. Eyüp de kendisini, tıpkı bizim gibi, iyi bir insan sandığından gereken dersi aldı.

'Hiç kimse iyi değildir,' der yüce Tanrı. İyilik taslamaktan vazgeçmeliyiz, bu Tanrı'nın gücüne gider. Hatalarımızı kabul etmeliyiz. Günün birinde şeytanla bahse tutuşmamız gerekirse yüce Tanrı'nın, kölesi Eyüp'ün ruhunu kurtarmak için bunu yaptığını hatırlamalıyız."

Vaaz sona ermişti. Rahip herkesten ayağa kalkmasını istedi ve ayine devam etti. Ne demek istediğinin anlaşıldığına emindi.

14

Chantal, "Haydi gidelim. Herkes kendi yoluna, ben altın külçemi alayım, siz de," derken, "Benim altın külçem," diye Chantal'ın sözünü kesti Yabancı.

"Eşyalarınızı alıp gitmeniz yeterli. Bense bu altını alamazsam Bescos'a geri dönmek zorundayım. Ya işime son verilir ya da utanç içinde yaşarım. Herkes bana yalancı gözüyle bakar. Buna hakkınız yok, bana böyle bir şey yapamazsınız. Ben üzerime düşeni yerine getirdim, karşılığını almaya hak kazandım."

Yabancı ayağa kalktı, ateşin içinde yanan dallardan birkaçını eline aldı.

"Kurt, ateşten her zaman ürker, değil mi? Ben Bescos'a dönüyorum. Siz de ne istiyorsanız onu yapın, altını çalın, kaçıp gidin, artık bununla ilgilenmiyorum. Yapacak daha önemli işlerim var."

"Bir dakika! Beni burada tek başıma bırakmayın!"

"O zaman benimle gelin!"

Chantal önündeki ateşe baktı, "Y" biçimindeki kayaya, elindeki yanan dallarla uzaklaşan Yabancı'ya baktı. O da Yabancı gibi yanan ateşin içinden birkaç dal alabilir, altını topraktan çıkarabilir ve doğruca vadiye inebilirdi. Bin bir güçlükle biriktirebildiği üç-beş kuruşu almak için eve gitmesine değmezdi. Vadinin ucundaki kentte altını bir bankaya götürüp değerini biçtirebilir, sonra satıp kendine önce giysiler ve bir bavul satın alabilirdi. Özgür olur, canı ne isterse onu yapabilirdi.

"Beni bekleyin!" diye seslendi Yabancı'nın arkasından. Ama o hiç aldırmadan Bescos'a doğru yoluna devam etti, çok geçmeden de gözden kayboldu.

"Düşün, haydi düşün!" dedi kendi kendine Chantal.

Uzun uzadıya düşünmedi. Ateşin içindeki dallardan birkaçını aldı, altını gömdüğü yerden çıkarttı. Eline alıp elbisesinin eteğiyle sildi, üçüncü kez baktı ona.

Birden paniğe kapıldı, yanan dalları eline alıp Yabancı'nın gittiği yola koştu. Bütün gözeneklerinden nefret fışkırıyordu. Aynı gün iki kurtla karşılaşmıştı, birincisi ateşten korkuyordu; ikincisi ise hiçbir şeyden, çünkü kendisi için değerli olan her şeyi yitirmişti. Şimdi körlemesine oraya buraya gidiyor, yoluna çıkan her şeyi yakıp yıkıyordu.

Elinden geldiğince hızlı koştu, ama Yabancı'ya yetişemedi. Herhalde şimdi elinde sönmüş meşaleyle ormandan geçiyor, öldürmek istediği kadar delicesine ölmek istediği için de kurda meydan okuyordu.

Chantal, köyün girişinde Berta'nın sesini duymazlıktan geldi, kiliseden çıkan kalabalığı görünce hayret etti. Yabancı, bir suç işlenmesini istiyor ve onun bu isteği hem kilisenin dolmasını hem de rahibin boş kalmamasını sağlıyordu. Tanrı'yı kandırabilirlermiş gibi bütün bir haftayı günah çıkartarak, nedamet getirerek geçirecekti köy halkı.

Herkes Chantal'a baktı ama kimse onunla konuşmadı. Chantal bakışlarını onlardan kaçırmadı, günahı olmadığını, günah çıkarmaya gitmesi gerekmediğini biliyordu. O yalnızca kötü bir oyuna alet olmuştu, yavaş yavaş anlamaya başlıyordu bu oyunu; anlamaya başladığı şey de hiç mi hiç hoşuna gitmiyordu.

Odasına kapandı, pencereye yaklaştı. Kalabalık dağılmıştı. Böyle güneşli bir cumartesi öğle sonrası için köy alanı boş sayılırdı. Eskiden darağacının bulunduğu bu alanda genellikle insanlar kümelenirler, sohbet eder, ılık kış güneşine yüzlerini tutarlardı. Havadan, ısıdan, yağmur mu yoksa kuraklık tehlikesi mi olduğundan söz ederlerdi. Ama bugün evlerinden çıkmıyorlardı, Chantal nedenini merak etti.

Sokağa baktıkça kendini onlara daha yakın hissetti Chantal, hem de kendini onlardan hep farklı gören, gözüpek, kafası bu köylülerin hayal bile edemeyeceği planlarla dolu olan Chantal.

Ne ayıp! Aynı zamanda ne büyük bir ferahlama! Kader kendisine kötü davrandığı için bulunmuyordu Bescos'ta, bunu hak ettiği için bulunuyordu ve ötekilerden temelde hiçbir farkı olmadığı için. Bu altın külçesini tam üç kez toprağın altından çıkarmış ama alıp gitmek elinden gelmemişti. Suçu yüreğinde işliyor ama gerçek dünyada somutlaştıramıyordu.

Bunu yapamayacağını da biliyordu, asla yapmamalıydı, çünkü bu şeytana uymaktan öte bir şeydi. Bir tuzaktı.

Sonra, "Neden bir tuzak olsun?" diye düşündü. İçinden bir ses, Yabancı'nın yaratmış olduğu sorunun bu altınla çözümleneceğini söylüyordu. Ama kendini ne kadar zorlarsa zorlasın, bu çözümün nasıl olacağını bulamadı.

Az önce oraya gelmiş olan şeytan kenardan Chantal'a baktı; Bayan Prym'in, az öncesine kadar pırıl pırıl parlayan ışığının zayıflamakta olduğunu gördü. Meslektaşının orada olmamasına, bu zaferini görememesine üzüldü.

Oysa şeytan, meleklerin de taktikleri olduğunu bilmiyordu. Çünkü Chantal Prym'in ışığı bilerek kısılmıştı, düşmanı aldatmak için. Chantal'ın meleği onun uyumasını bekliyordu, o zaman insanları gece gündüz rahat bırakmayan korkular ve suçluluk duyguları araya girmeden onun ruhuyla konuşacaktı.

Chantal uykuya daldı. Ve duyması gerekeni duydu, anlaması gerekeni anladı.

15

"Arsalar ve mezarlıklar hakkında konuşmayalım artık," dedi belediye başkanının karısı, kilisenin levazım odasında toplandıklarında. "Doğrudan konumuza gelelim!"

Öteki beş kişi başlarını salladılar.

"Beni ikna ettiniz peder," dedi arazi sahibi. "Tanrı bazı davranışları mazur gösteriyor."

"İğneli laflara gerek yok," dedi peder. "Şu pencereden dışarı bir bakarsak her şeyi anlayabiliriz. Rüzgâr neden esmeye başladı dersiniz? Şeytan yanımıza geldi de ondan."

"Doğru," diye ona katıldı belediye başkanı, aslında şeytanlara inanmazdı. "Bunu zaten biliyoruz. Ama şimdi konuya girelim, zaman kaybediyoruz."

"Bana kalırsa durum çok açık," diye sözü aldı otelin sahibesi. "Yabancı'nın önerisini kabul edip etmemeyi düşünüyoruz. Bir suç işleyip işlememeyi."

"Bir kurban vermeyi," diye düzeltti rahip, dinsel ritüelleri ötekilerden daha iyi biliyordu.

Bu sözleri izleyen sessizlik herkesin aynı görüşte olduğunu belli etti.

"Yalnızca korkaklar sessizliğin arkasına gizlenirler. Yüsek sesle dua edelim de Tanrı sesimizi duysun ve bunu Bescos'un iyiliği için yaptığımızı bilsin. Diz çökelim."

Herkes gönülsüzce diz çöktü, bile bile işledikleri bir günah ve yaptıkları kötülük için Tanrı'dan bağışlanmayı dilemenin boşuna olduğunu hepsi biliyordu. Ama Ahab' ın koyduğu bağışlanma gününü hatırladılar. O gün geldiğinde, kendilerinin şeytana uymasına meydan verdiği için Tanrı'yı suçlayacaklardı.

Rahip odadakileri hep birlikte dua etmeye davet etti.

"Efendimiz, sen hiç kimsenin iyi olmadığını söylemiştin. Bizi hatalarımızla kabul et, sonsuz hamiyetinle ve sonsuz sevginle bizi bağışla. Kutsal Topraklar'ı yeniden ele geçirmek için Müslümanları katletmiş olan Haçlıları bağışladığın gibi; kilisenin saflığını korumaya çalışan engizisyoncuları bağışladığın gibi; seni inciten ve çarmıha geren herkesi bağışladığın gibi; bir kurban vererek bir köyü kurtarmak zorunda olduğumuz için bizi de bağışla."

"Şimdi bu işi nasıl uygulayacağımızı konuşalım," diyen belediye başkanının karısı yerinden kalktı. "Kurban kim olacak? Bu işi kim gerçekleştirecek?"

"Kendisine her zaman yardım etmiş olduğumuz bir kız, şeytanı buraya getirdi," dedi arazi sahibi; bu adam uzun zaman önce bu kızla yatmıştı, o zamandan beri, Chantal karısına her şeyi anlatır, diye kıvranıp duruyordu. "Kötüye kötülükle karşılık verilir, hem kızın cezalandırılması gerekir."

İki kişi daha, köyde güvenilmeyecek tek kişinin Chantal olduğunu, onun her zaman her şeyi herkesten farklı yapmak istediğini, en büyük dileğinin köyden çekip gitmek olduğunu söyleyerek arazi sahibinin düşüncesine katıldı.

"Annesi öldü, büyükannesi de öyle. Kimse onun eksikliğini hissetmez," diye ekledi belediye başkanı. Aynı görüşü paylaşanların sayısı üçe çıkmıştı böylece.

Ama karısı karşı çıktı: "Ya hazinenin nerede olduğunu biliyorsa? Altınları ondan başka gören yok. Ayrıca ona güvenebiliriz de: Köye kötülüğü getiren, bütün bir köy halkının aklına kötülük etmeyi sokan o değil mi? Ne söylerse söylesin, onun sözüne karşılık hepimizin sözü olacak; sorunları olan bir genç kadının sözüne karşılık hayatta bir şeyler başarmış insanların sözü."

Karısı ne zaman farklı görüşte olsa belediye başkanı ne yapacağını şaşırırdı, bu kez de öyle oldu.

"Onu sevmiyorsun ki, neden kurtarmak istiyorsun?"

"Ben anladım," dedi rahip. "Bu işi kim başımıza sardıysa suç onun üzerinde kalmalı. Bu yükü ömrünün sonuna kadar omuzlarında taşımalı. Belki de sonu Yahuda gibi olur, İsa Peygamber'e ihanet ettikten sonra intihar eden Yahuda gibi; aslında saçma ve anlamsız bir şeydi bu intihar, çünkü havarinin işlediği suçu telafi edemezdi."

Belediye başkanının karısı, rahibin yürüttüğü mantık karşısında şaşırmıştı, kendisi de tıpkı böyle düşünüyordu. Chantal güzeldi, erkekleri baştan çıkarıyordu, Bescos'lular gibi yaşamak istemiyordu, ne olursa olsun çalışkan ve dürüst olan insanların yaşadığı, pek çok kişinin yaşamaktan mutlu olacağı (yabancılardı bunlar elbette, heyecansız bir yaşam sürmenin ne kadar sıkıcı olduğunu anlar anlamaz çekip giderlerdi oradan) bir köyde bulunmasına karşın sürekli yakınıp duruyordu.

"Aklıma başkası gelmiyor," dedi otelin sahibesi, barda hizmet edecek birini kolay kolay bulamayacağını biliyordu; öte yandan eline altın geçerse otelin kapısına kilit vurup köyden ayrılabilirdi. "Çiftçiler ile çobanlar birbirini tutarlar, pek çoğunun da çocuğu var, buradan uzakta oturuyor olsalar da ana babalarının başına bir şey gelirse kuşkulanabilirler. İz bırakmadan kaybolabilecek tek kişi Chantal Prym."

Rahip, dinsel nedenler yüzünden –ne de olsa İsa, masum birini suçlayanları lanetlemişti– kimsenin adını vermek istemiyordu. Ama kurban olarak kimi önerebileceğini biliyor; bu adı ötekilere üstü kapalı olarak ima etmeye çalışıyordu.

"Bescos'lular, sıcağa soğuğa aldırmadan sabahtan akşama kadar çalışırlar. Hepsinin üstüne düşen bir görev var, şeytanın kötü emelleri için seçtiği bu zavallı kızın da. Sayımız az, bir kişinin eksilmesi işlerimizi aksatır, bizim için kötü olur."

"Eğer durum böyleyse peder, kurban edecek kimse yok demektir; olsa olsa, bu gece köye bir yabancı daha gelsin, diye dua edebiliriz, ama onun da yokluğunun farkına varacak ve dört bir yanda onu arayacak akrabaları olacaktır. Bescos'ta eli kolu sağlam olan herkes çalışır, ekmeğini namusuyla kazanır."

"Haklısınız," dedi rahip. "Belki de dün akşamdan bu yana bir hayal dünyasında yaşıyoruz. Hepimizin, yokluğumuzu fark edecek yakınları var, hiç kimse sevdiklerinin başına bir şey gelmesini hazmedemez. Bu köyde yalnız yaşayan üç kişi var: ben, Madam Berta ve Chantal Prym."

"Kurban olarak kendinizi mi öneriyorsunuz?"

"Köyün menfaati her şeyden önce gelir."

Odadaki öteki beş kişi, rahat bir soluk aldı; bir anda güneşin parladığının, niyetlerinin suç değil bir fedakârlık olduğunun farkına varmışlardı. Levazım odasını dolduran gerginlik, sihirli bir değnek dokunmuşçasına yok oldu; otelin sahibesinin içinden bu aziz adamın ayaklarına kapanmak geldi.

"Geriye yalnızca bir şey kalıyor," diye devam etti rahip, "bir din adamını öldürmenin büyük bir günah olmadığına ötekileri inandırmak."

"Bunu Bescos'lulara siz açıklayın!" dedi belediye başkanı; eline geçecek parayla neler yapabileceğini düşünmeye başlamıştı bile: Yerel gazetelere reklamlar verecekti, otel büyüyeceği için turizm de canlanacaktı; şimdiki sistem gibi sık sık arızalanmayan yeni bir telefon şebekesi de kurabilecekti.

"Bunu yapamam," dedi rahip. "Halk birisini kurban etmek istediğinde seçilen kişi buna sesini çıkarmadan razı olmuştur hep. Ama kurban hiçbir zaman, gelin beni öldürün dememiştir, çünkü dinimiz, hayatın Tanrı'nın bir armağanı olduğunu söyler. Bescos'lulara bunu siz açıklamalısınız."

"Buna kimse inanmaz ki. Tıpkı Yahuda'nın İsa'ya yaptığı gibi para için kutsal bir adamı öldürmek istiyorsunuz, diyerek bize acımasız katil damgası vururlar."

Rahip omuzlarını silkti. Güneş bir bulutun arkasına girmiş, levazım odasına yine gergin bir atmosfer hâkim olmuştu.

"O zaman geriye bir tek Madam Berta kalıyor," dedi arazi sahibi.

Uzun bir suskunluktan sonra rahip sözü aldı:

"Bu kadın kocasının ölümünden beri çok acı çekiyor olmalı. Yıllardır, sıcak soğuk demeden can sıkıntısı içinde kapısının önünde oturuyor. Üzüntü içinde geçiriyor ömrünü, bence artık aklı da pek başında değil, çünkü ne zaman evinin önünden geçsem kendi kendine konuştuğunu duyuyorum."

Levazım odasının içinden yine bir rüzgâr geçti, odadakiler şaşırdılar, çünkü bütün pencereler kapalıydı.

"Son yıllarda çok üzüntülü bir hayat sürdü," diye sözü aldı otelin sahibesi. "Bir an önce sevgili kocasının yanına gitmek için her şeyini verir bence. Kırk yıl evli kaldıklarını biliyor muydunuz?"

Bunu hepsi biliyordu, ama şimdi ne önemi vardı ki bunun.

"Ömrünün sonuna gelmiş olan yaşlı bir kadın," diye ekledi arazi sahibi. "Bu köyde önemli bir iş yapmayan tek kişi. Bir keresinde ona neden kışın soğuğunda bile kapının önünde oturduğunu sormuştum. Ne yanıt verdiğini biliyor musunuz? Köyü gözettiğini söyledi, kötülük yaklaştığında farkına varabilmek için yapıyormuş bunu."

"Demek gözetmesi bir işe yaramamış."

"Tam tersine," dedi rahip. "Konuşmanızdan anladığıma göre, kötülüğün köye girmesine göz yuman kişi, onun köyden çıkmasını da sağlamalı."

Yeniden sustular, kurbanın seçilmiş olduğunu herkes biliyordu artık.

"Son bir ayrıntı kaldı," dedi belediye başkanının karısı. "Halkın iyiliği için ne zaman kurban verileceğini hepimiz biliyoruz. Kurbanın kim olduğunu da biliyoruz. Bu sayede iyi bir insan, dünyada kalıp acı çekmek yerine cennete gidecek ve mutlu olacak. Ancak bu işi nasıl yapacağız?"

"Köydeki bütün erkeklerle konuşmaya bakın," dedi rahip, belediye başkanına. "Ve akşam saat dokuzda alanda bir toplantı düzenleyin. Sanırım bu işi nasıl yapacağımızı biliyorum. Saat dokuzdan önce siz buraya uğrayın da baş başa konuşalım."

Sonra da, otelin sahibesi ile belediye başkanının karısından, bu toplantı sırasında Berta'nın evine gidip onun yanında kalmalarını rica etti. Yaşlı kadın akşamları evinden çıkmazdı ama yine de tedbiri elden bırakmamak gerekirdi.

16

Chantal bardaki işine zamanında geldi. İçeride kimse yoktu. "Alanda bir toplantı yapılıyor," dedi otelin sahibesi. "Ama yalnız erkekler için."

Başka bir şey söylemesine gerek yoktu. Chantal orada neler olduğunu zaten anlamıştı.

"Altınları gerçekten gördün mü?"

"Evet, Yabancı'ya rica edin de onları buraya getirsin. İstediğini elde ederse altınla birlikte sırra kadem basabilir."

"Deli değil ya bu adam!"

"Evet, öyle."

Bu fikir otelin sahibesinin pek hoşuna gitti. Yabancının odasına çıktı, birkaç dakika sonra da geri döndü.

"Kabul etti. Altının ormanda saklı olduğunu, yarın gidip alacağını söyledi."

"Sanırım bugün çalışmama gerek yok."

"Var tabii. Aramızdaki sözleşmeye göre çalışman gerek."

Kadın, öğleden sonra kilisede konuşulanlardan Chantal'a nasıl söz edeceğini bilemiyordu, ama onun tepkisini de görmek istiyordu.

"Bütün bunlar bana şok etkisi yaptı," dedi. "Öte yandan, insanların harekete geçmeden önce son kez düşünmeleri gerektiğini biliyorum."

"İsterlerse yirmi kez, iki yüz kez düşünsünler, yine de bir şey yapmaya cesaret edemezler."

"Olabilir," dedi kadın, "ama yine de harekete geçmeye karar verirlerse ne yaparsın?"

Otelin sahibesi Chantal'ın ağzını aramak istiyordu; Chantal, Yabancı'nın gerçeğe kendisinden daha yakın olduğunu fark etti, oysa kendisi onca zamandır Bescos'ta yaşıyordu. Alanda bir toplantı ha! Ne yazık ki artık darağacı yoktu orada.

"Ne yaparsın?"

"Bu soruyu yanıtlayamam," dedi Chantal, oysa ne yapacağını çok iyi biliyordu. "Yalnızca şunu söyleyebilirim: Kötülükten iyilik doğmaz. Bugün öğleden sonra bunu bizzat yaşadım."

Chantal'ın kendisine kafa tutar gibi olması, otel sahibesinin hiç hoşuna gitmemişti; ama genç kadınla tartışmaya kalkmamanın daha akıllıca olduğuna karar verdi. Aralarında düşmanca bir hava oluşması, gelecekte sorunlar yaşamalarına neden olabilirdi. O günün hesaplarını düzene sokması gerektiğini bahane ederek (otelde bir tek müşteri kaldığı düşünülürse gülünesi bir bahaneydi bu) dışarı çıktı ve Chantal'ı barda tek başına bıraktı. İçi rahattı. Chantal Prym itiraz eder gibi görünmemişti, hatta ona alandaki toplantıdan söz edip Bescos'ta alışılmadık bir şeyler olduğuna işaret ettiği zaman bile. Genç kadının paraya ihtiyacı vardı, önünde koca bir ömür uzanıyordu, mutlaka gençlik arkadaşlarının yaptığını yapacak ve Bescos'tan ayrılacaktı.

İşbirliği yapmak istemese bile bu işe çomak sokmayacağı belliydi.

17

Rahip sade bir akşam yemeğinden sonra kilisedeki banklardan birine oturdu. Belediye başkanı birkaç dakika sonra orada olurdu.

Beyaz badanalı duvarlara, değerli sanat yapıtlarının değil de çok eski tarihlerde o yörede yaşamış olan azizlerin basit heykellerinin süslediği altara göz gezdirdi. Aziz Savinus, köyün gelişmesinde önemli bir rol oynamış olmasına karşın Bescos'lular hiçbir zaman dinlerine bağlı olmadılar, diye düşündü. Halk Savinus'u unutup Ahab'ı, Keltleri ya da bin bir çeşit söylenceyi hatırlamayı yeğliyordu, günahlarından kurtulmaları için bir tek şeyin, insanlığın tek kurtarıcısı olarak İsa'yı kabul etmelerinin yeterli olacağını anlamazlardı.

Birkaç saat önce kendisinin kurban olmasını önermişti. Bu tehlikeli bir oyundu, insanlar böyle düşüncesiz, böyle kolay yönetilebilir olmasaydı iş ciddiye binebilirdi de.

"Bu pek doğru değil. Düşüncesiz olabilirler ama kolay yönetildiklerini söyleyemem." Ne de olsa susarak ve ustalıkla konuşarak ona duymak istedikleri şeyi söyletmişlerdi: Birinin kurban olması, onların kurtuluşu olacaktı, çöküş yaşayan köy yeniden eski görkemine kavuşacaktı. Dışarıdan bakılınca, bu insanların kendisini amaçları için kötüye kullanmalarına göz yummuş gibi görünüyordu, ama aslında o, inandığı şeyi söylemişti.

Erken yaştan beri rahiplik mesleğine yönelmişti, bu onun gerçek mesleğiydi. Yirmi bir yaşına geldiğinde rahip olmuş, konuşma yeteneği ve cemaatini yönetme becerisiyle herkesi etkilemişti. Her gece dua eder, hastaların yardımına koşar, hapishaneleri ziyaret eder, açlara yiyecek dağıtırdı; tıpkı İncil'in öngördüğü gibi. Ünü o yörede gitgide yayıldı, piskoposun kulağına kadar gitti; piskopos bilgeliğiyle ve adaletli davranmasıyla tanınan bir adamdı.

Piskopos, rahibi birkaç genç rahiple birlikte akşam yemeğine davet etmişti. Yemek yendi, oradan buradan konuşuldu, sonunda oldukça yaşlı olan, güçlükle yürüyebilen piskopos ayağa kalktı, herkese su vermek istiyordu. Kimse su istemedi. Bir tek rahip bardağını ağzına kadar suyla doldurttu.

Öteki rahiplerden biri, piskoposun da duyabilmesi için yüksek sesle şöyle fısıldadı:

"Hepimiz suyu geri çevirdik, çünkü hepimiz bu aziz insanın elinden su içmeye layık olmadığımızı biliyoruz. Elindeki ağır su şişesiyle herkesi dolaşan piskoposumuzun nasıl bir fedakârlık yaptığını anlamayan bir tek kişi var."

Piskopos yerine oturduğunda, "Beni aziz sayan sizler, alçakgönüllülük edip verdiğim suyu kabul etmediniz, benim canım da bir şey vermek istemedi. Bu rahip ise 'İyi'nin kendini göstermesine yardımcı oldu."

Bu olaydan sonra piskopos rahibi daha önemli bir cemaatin başına atadı.

Piskopos ile rahip dost kaldılar ve sık sık görüştüler. Rahip ne zaman bir konuda kuşkuya düşse, "manevi babam" dediği piskoposa akıl danışıyordu, aldığı yanıtlardan da hep tatmin oluyordu. Aklının iyice karıştığı bir gün öğleden sonra piskoposun yanına gitti, davranışlarının Tanrı'nın nazarında kabul görüp görmeyeceğinden emin olamamıştı.

"İbrahim yabancıları kabul etti ve Tanrı bundan hoşnut kaldı," oldu aldığı yanıt. "İlyas yabancıları sevmiyordu ve Tanrı bundan hoşnut kaldı. Davud yaptığıyla gurur duyuyordu, Tanrı ondan da hoşnut kaldı. Altarın önündeki mültezim yaptığından utanç duyuyordu ve Tanrı ondan hoşnut kaldı. Vaftizci Yahya çöle gitti ve Tanrı ondan hoşnut kaldı. Paulus, Roma İmparatorluğunun büyük kentlerine gitti ve Tanrı ondan hoşnut kaldı. Yüce Tanrı'yı neyin sevindireceğini ben nasıl bileyim? Yüreğinin sesini dinle, Tanrı hoşnut kalacaktır."

Bu konuşmayı izleyen gün piskopos öldü, rahibin manevi akıl hocası şiddetli bir kalp krizi geçirmişti. Rahip, piskoposun ölümünü bir işaret olarak kabul etti ve o günden sonra bu adamın kendisine öğütlediği gibi yüreğinin sesini dinledi. Kimi zaman sadaka dağıttı, kimi zaman da insanlara çalışmalarını söyledi. Kâh ciddi vaazlar verdi kâh inananlarla birlikte ilahi söyledi. Onun davranışındaki bu değişiklik yeni piskoposun da kulağına gidince rahibi yanına çağırdı.

Piskoposluk konutuna gidince karşısında, birkaç yıl önce yaşlı piskoposun verdiği yemekte su konusunda o tatsız sözü etmiş olan kişiyi gören rahip çok şaşırdı.

"Bugün önemli bir cemaati yönettiğinizi biliyorum," dedi yeni piskopos, gözlerinde alaycı bir bakışla. "Ve geçen yıllar içinde selefimle aranızda iyi bir dostluk kurulduğunu da biliyorum. Belki benim bulunduğum mevkiye siz gelmek istiyordunuz."

"Hayır," dedi rahip, "ben bilgeliğe ulaşmak istiyorum."

"Öyleyse şimdi çok kültürlü bir adam olmalısınız. Sizin hakkınızda tuhaf hikâyeler duydum; bazen sadaka veriyor, bazen de kilisemizin vermesi gereken yardımdan kaçınıyormuşsunuz."

"Pantolonumun iki cebi var, her birinde bir kâğıt parçası durur, ben parayı hep sol cebime koyarım."

Aklı karışan piskopos bu kâğıtlarda ne yazdığını sordu.

"Sağ cebimdeki kâğıtta şöyle yazıyor: *Ben toz ve külden başka bir şey değilim*. Paramı da koyduğum sol cebimde duran kâğıtta ise *Ben Tanrı'nın yeryüzündeki görüntüsüyüm*, yazıyor. Sefalet ve haksızlıkla karşılaştığımda elimi sol cebime sokuyor ve yardım ediyorum. Tembellik ve uyuşuklukla karşılaştığımda elimi sağ cebime atıyor ve verecek hiçbir şeyim olmadığını görüyorum. Böylece maddi ve manevi dünyayı dengede tutabiliyorum."

Yeni piskopos merhameti betimleyen bu güzel örnek için rahibe teşekkür etti ve cemaatinin yanına dönebileceğini söyledi; bütün bölgeyi yeniden yapılandırmayı planladığını da sözlerine ekledi. Aradan çok geçmeden rahip, Bescos'a atandığı haberini aldı.

Bu atamanın altında ne yattığını hemen anlamıştı: kıskançlık. Ama Tanrı'ya nerede olursa olsun hizmet edeceğine söz vermişti, böylece alçakgönüllülük ve çalışma hevesiyle dolu olarak Bescos'a doğru yola çıktı. Bu onun için yeni bir meydan okumaydı, üstesinden gelmeliydi.

Aradan beş yıl geçti, ama ne kadar çabalasa da kilisesine yeni üyeler kazandıramadı. Bescos'ta Ahab'ın ruhu dolaşıyordu, rahip ne vaaz verirse versin ortalıkta dolaşan bu eski söylencelere karşı eli kolu bağlı kalıyordu.

Aradan on yıl geçti. On yılın sonunda hatasını anladı rahip. Bilgeliğe ulaşayım derken gerçek dünyaya gözlerini yummuştu. Tanrı'nın adaletine öylesine inanmıştı ki bu adaleti diplomasi sanatıyla birleştirmeyi bilememişti. Her zerresinde Tanrı'nın var olduğu bir dünyada yaşadığına inanmıştı, oysa kendini, Tanrı'yı yüreklerine pek sokmayan insanların arasında bulmuştu.

On beşinci yılın sonunda, artık Bescos'tan kurtulamayacağını anlamıştı. Bu arada yeni piskopos Vatikan'da sözü geçen bir kardinal olmuştu, Papalığa seçilme şansının büyük olduğu söyleniyordu. Taşralı bir rahibin ortaya çıkıp, bir zamanlar kıskançlığı yüzünden onu sürgüne gönderdiği konusunda gevezelik etmesini istemezdi elbette.

Bu arada rahip, en ufak bir destek görememiş olması sonucunda hevesini kaybetmişti; halkın bunca yıl süren gelip umursamazlığına kim dayanabilirdi ki. Rahiplik görevinden ayrılırsa Tanrı'ya daha yararlı olacağını düşünmeye başlamış, ama durumun değişeceğini umarak bu kararını hep ertelemişti; şimdi ise artık çok geçti, dünya ile hiçbir bağlantısı kalmamıştı.

Yirmi yıl sonra bir gece, uykusundan çaresizlik içinde uyandı. Hayatı baştan sona boşa geçmişti. Elinden neler gelebileceğini, ama ne kadar az şeyi gerçekleştirdiğini biliyordu. Pantolonunun ceplerine soktuğu iki kâğıt parçası aklına gelince elini hep sağ cebine sokmuş olduğunun farkına vardı. Bilge olmak istemiş, ama hiç politik davranmamıştı. Adil olmak istemiş, ama bilgece davranmamıştı. Diplomatça davranmak istemiş, ama ürkeklik göstermişti.

"Senin cömertliğin nerede Hazreti İsa? Neden bana da Eyüp'e yaptığını yaptın? Hayatta yeni bir fırsatım olmayacak mı? Bana bir fırsat daha ver lütfen!"

Yataktan kalkmış, ne zaman bir yanıta ihtiyacı olsa yaptığı gibi İncil'in gelişigüzel bir sayfasını açmıştı. İsa'nın son akşam yemeğinin anlatıldığı sayfa vardı karşısında. İsa, kendisine ihanet eden kişiye, "Beni arayan askerlere beni teslim et," diyordu.

Rahip okudukları üzerinde saatlerce düşündü. İsa, o hainden neden bir günah işlemesini istemişti?

"Kitap'ta yazılan yerine gelsin diye," derlerdi kilise büyükleri. Yine de İsa neden bir insanı günaha teşvik etsin ve cehennem ateşinde yanmasına neden olsun?

İsa asla böyle bir şey yapmazdı. Aslında hain, bir kurbandan başka bir şey değildi, tıpkı İsa'nın kendisi gibi. Sonunda İyi'nin galip gelmesi için bir yerde Kötü'nün ortaya çıkıp üzerine düşen rolü oynaması gerekiyordu. İhanet olmasa çarmıh da olmazdı, Kutsal Kitap'ta yazılanlar yerine gelmez, kurban örnek olarak gösterilemezdi.

Birkaç gün sonra köye bir yabancı gelmişti. Rahip adamı pek önemsememiş, İsa'dan dilediği şeyle ve İncil'de okuduğu cümleyle bu yabancı arasında bir bağlantı olabileceğini aklına getirmemişti. Leonardo da Vinci'nin "Son Akşam Yemeği"ni resmetmek için kullandığı modelle ilgili hikâyeyi duyduğunda, bu konuyla ilgili bir başka metne İncil'de rastladığını hatırlamış ama bunun bir rastlantı olduğunu düşünüp üzerinde durmamıştı.

Ama Chantal Prym o öneriyi getirdiğinde rahip dualarının işitilmiş olduğunu anladı.

Bescos'luların yüreğini harekete geçirebilmesi için Kötü'nün ortaya çıkması gerekiyordu. Bescos'a gelişinden bu yana kilisesi ilk kez böyle dolup taşmıştı. Ve köyün eşrafı ilk kez kiliseye, onun ayağına gelmişlerdi.

"İyi'nin değerinin anlaşılabilmesi için Kötü'nün kendini göstermesi gerekiyordu." Yaptığı işin vahametini sonradan anlayan hain gibi, Bescos'lular da durumu sonradan anlayacaklardı. Yaptıklarına öylesine pişman olacaklardı ki kiliseye sığınacak ve onca yıldan sonra dinine bağlı, Tanrı korkusu taşıyan insanlar olacaklardı.

Rahibe düşen rol, Kötü'nün aracı olmaktı. Tanrı'nın karşısında ancak bu kadar alçaltabilirdi kendini.

Belediye başkanı kararlaştırdıkları saatte geldi.

"Ne söylemem gerektiğini öğrenmek istiyorum."

"Siz bırakın," dedi rahip, "toplantıyı ben yöneteceğim."

Belediye başkanı durakladı. Ne de olsa Bescos'taki en üst yetkili oydu, bir yabancının köyün önemli işlerine burnunu sokmasından hoşlanmazdı. Rahip yirmi yılı aşkın bir süredir Bescos'ta yaşamasına karşın burada doğmuş biri değildi, köyün tarihini tam olarak bilmiyordu, damarlarında Ahab'ın kanı dolaşmıyordu.

"Böyle önemli bir konuyu ben halkla doğrudan konuşsam daha iyi olur diye düşünüyorum," diyerek karşı çıktı rahibe.

"Doğru ya, daha iyi olur, çünkü iş sarpa sarabilir, kilisenin bu işe bulaşmasını da istemiyorum zaten. Size planımı açıklayayım, onu halka duyurma işini siz üstlenin."

"Aslında düşündüm de, planınızı siz açıklasanız daha doğru ve daha dürüstçe olur."

"Hep şu korku," diye düşündü rahip. "Bir insanın üzerinde egemenlik kurman için onu korkutman yeterli."

18

İki kadın, saat dokuza doğru Berta'nın evine geldiklerinde onu küçük oturma odasında, koltuğunda oturmuş örgü örerken buldular.

"Bu akşam köy ne kadar farklı," dedi yaşlı kadın. "Bir sürü insan geçti buradan, pek çok insanın ayak sesini duydum. Bu kadar kalabalık, bara nasıl sığacak?"

"Geçenler erkeklerdi," dedi otelin sahibesi. "Köy alanına gittiler, Yabancı'yı ne yapacaklarını görüşecekler de."

"Anlıyorum. Ama bence tartışacak pek bir şey yok ortada. Ya teklifini kabul edeceksiniz ya da iki gün sonra buradan gidecek."

"Teklifini kabul etmemiz söz konusu değil," dedi belediye başkanının karısı, öfkeyle.

"Neden olmasın? Rahibin bugün muhteşem bir vaaz verdiğini söylediler; bir tek insanın kendini feda etmesinin bütün insanlığı kurtardığını, Tanrı'nın bile bir şeytanla bahse tutuştuğunu ve sonunda en sadık kölesini cezalandırdığını anlatmış. Bescos'lular bu öneriyi –diyelim ki– bir alışveriş olarak görmeye karar verirlerse bunun neresi yanlış olur?"

"Herhalde ciddi konuşmuyorsunuz?"

"Hem de nasıl. Herkes beni kandırmaya çalışıyor."

İki kadın, acaba kalkıp gitsek mi, diye düşündüler. Ama bu tehlikeli olurdu.

"Hem bu ziyaretinizi neye borçluyum? Daha önce hiç böyle bir şey yapmamıştınız."

"Chantal Prym, iki gün önce lanetli kurdun uluduğunu duymuş."

"Lanetli kurdun, demircinin göz boyamak için uydurduğu bir bahane olduğunu hepimiz biliyoruz," dedi otelin sahibesi. "Komşu köyden bir kadınla ormana gitmiştir herhalde, kadını baştan çıkarmaya kalkışınca kadın karşı koymuş olmalı; demirci, orasındaki burasındaki çürükleri açıklayabilmek için böyle bir hikâye uydurmuştur bence. Her neyse, biz zaten epeydir sana uğramak istiyorduk, her şey yolunda mı diye bir bakalım, dedik."

"Her şey yolunda. Yarına sağ çıkmayabilirim, bitirip bitiremeyeceğimi de bilmiyorum, ama bir yatak örtüsü örüyorum."

Sıkıcı bir sessizlik oldu.

"Yaşlı insanlar çoğunlukla ansızın ölüverirler ya," diye devam etti Berta.

İki konuk rahatlayarak derin bir soluk aldılar.

"Böyle şeyler düşünmemelisiniz."

"Bakalım. Gün ola harman ola. Yine de bu düşünce bugün aklımdan çıkmadı."

"Bunun için bir neden var mıydı?"

"Neden olması gerekir mi?"

"Bu konuyu hemen değiştirmeliyiz," diye düşündü otelin sahibesi, "hem de ona belli etmeden. Alandaki toplantı da başlamış olmalı. Umarım fazla uzun sürmez." Yüksek sesle ekledi: "Sanırım insan yaşlandıkça ölümden kaçmanın mümkün olmadığını daha iyi anlıyor. Biz de ölümü serinkanlılıkla, bilgece ve tevekkülle kabul etmeyi öğrenmeliyiz. Çoğu kez ölüm bizi gereksiz acılardan kurtarır."

"Haklısınız," dedi Berta. "Ben de bu akşam böyle düşünmüştüm. Nasıl bir sonuca vardığımı bilmek ister misiniz? Ben ölümden korkuyorum, hem de çok korkuyorum. Bence benim ölüm saatim henüz gelmedi."

Odadaki gerginlik gitgide artıyordu; belediye başkanının karısının aklına kilisedeki tartışma geldi, mezarlıktan söz edilirken aslında herkes başka bir şey düşünmüştü. Alandaki toplantının nasıl gittiğini, rahibin planının ne olduğunu ve Bescos'lu erkeklerin nasıl bir tepki vereceklerini bilmek isterdi doğrusu. Berta'yı daha açık konuşmaya zorlamanın ne anlamı vardı? Hiç kimse öyle kolayca, hiç karşı koymadan ölüme gönderilmeyi kabul etmezdi. Ortada bir sorun vardı: Bu kadını öldürmek istiyorlarsa bu iş olabildiğince mücadelesiz olmalı, ipucu da bırakılmamalıydı, yoksa soruşturma sırasında kuşku uyanabilirdi.

Ortadan kaybolmak. Bu yaşlı kadın ortadan kaybolmalıydı. Cesedi ne mezarlığa getirilmeli, ne de ormanda bırakılmalıydı. Yabancı'ya, işlenmesini istediği suçun kanıtını gösterir göstermez yaşlı kadını yakıp küllerini dağlara serpmelilerdi.

"Ne düşünüyorsunuz?" diyen Berta kadının düşüncesini böldü.

"Ateşi düşünüyorum," dedi belediye başkanının karısı. "Bedenlerimizi ve yüreklerimizi ısıtacak güzel bir ateşi."

"İyi ki Ortaçağ'da yaşamıyoruz! Köyde bazı kimselerin beni cadı sandıklarını biliyor muydunuz?"

Bu sözü reddederlerse Berta kuşkulanabilirdi. İki kadın başlarını salladılar.

"Ortaçağ'da olsaydık gözümün yaşına bakmadan yakarlardı beni, birinin beni herhangi bir şeyle suçlaması yeterdi hem de."

"Bu kadına neler oluyor?" diye düşündü otelin sahibesi. "Biri bizi ele mi verdi acaba? Yoksa belediye başkanının karısı benden önce buraya gelip kadına her şeyi anlattı mı? Rahip yaptığı tekliften pişmanlık duyup bir günahkâra her şeyi açıkladı mı?"

"Eh, ziyaretinize teşekkür ederim. Umarım içiniz rahat etmiştir. Ben iyiyim, sağlığım yerinde, mümkün olan her fedakârlığı yapabilecek durumdayım, hatta kolesterolümü düşürecek şu budala rejimlerden birini bile yapabilirim. Daha açık konuşayım: Daha uzun süre yaşamak istiyorum."

Berta ayağa kalktı, kapıyı açtı, iki konuğuyla vedalaştı.

"Geldiğinize sevindim. Gidip yatmak istiyorum, örtüye yarın devam ederim. Doğruyu söylemem gerekirse şu lanetli kurdun varlığına inanıyorum. Yani kendinize dikkat edin! Görüşürüz!"

Böyle diyerek kapıyı kapattı.

"Her şeyi biliyor!" diye fısıldadı otelin sahibesi, belediye başkanının karısına. "Biri ona söylemiş olmalı. Sesindeki alaycılığı fark etmediniz mi? Onu gözaltında tutmak için buraya geldiğimizi hemen anladı."

"Bilmesi mümkün değil," diye fısıldadı belediye başkanının karısı, altüst olmuştu. "Ona her şeyi anlatacak kadar çılgın olamazlar. Acaba..."

"Acaba ne?"

"Acaba gerçekten cadı mı bu kadın? Kilisedeyken esen rüzgârı anımsıyor musunuz?"

"Evet, hem de pencereler kapalıydı."

Sanki bir el iki kadının yüreğini sıkıştırdı. Yüzyıllık bir kör inanç yeniden su üstüne çıktı. Berta gerçekten cadı ise ölümü köyü kurtarmayacaktı, tam tersine sonunda mahvedecekti.

Söylenceler böyle derdi.

Berta ışığı kapattı ve tül perdenin aralığından sokaktaki iki kadını gözledi. Gülmesi mi, ağlaması mı, yoksa kaderine razı mı olması gerektiğini bilemiyordu. Bir tek şeyden emindi: Kurban olarak seçilen kişi kendisiydi.

Akşama doğru kocası Berta'ya görünmüştü, yanında Chantal Prym'in büyükannesini getirmesi Berta'yı pek şaşırtmıştı. Onu görür görmez irkilmişti Berta; kocasının bu kadınla ne işi vardı? Ama sonra onların gözlerindeki kaygıyı fark etmiş ve o ikisi ona kilisedeki buluşmadan söz edip hemen buradan kaçması için zorlayınca ne yapacağını bilemez olmuştu.

"Şaka ediyor olmalısınız," diye karşı çıkmıştı Berta. "Nasıl kaçacağım? Bu bacaklar beni yüz metre ötedeki kiliseye zor götürür, nasıl kaçayım da bir yere gizleneyim? Siz bulunduğunuz yerde benim sorunuma çözüm bulun ve beni koruyun. Bir ömür boyu azizlere boşuna mı dua ettim ben?"

Durumun onun tahmin ettiğinden çok daha karmaşık olduğunu söylediler Berta'ya. İyi ile Kötü arasındaki bir savaş söz konusuydu, kimse bu savaşa müdahale edemezdi. Melekler ile şeytanlar periyodik savaşlarından birine tutuşmuşlardı, bu savaşlar sonunda koca koca bölgeler belli bir süre için lanetlenebilir ya da kurtuluşa erebilirdi.

"Bu beni ilgilendirmiyor. Kendimi nasıl savunacağımı bilmiyorum. Bu benim savaşım değil, buna katılmak istemiyorum."

Bu savaşı kimse istememişti. Koruyucu meleklerden birinin iki yıl önce yanlış hüküm vermesiyle başlamıştı her şey. Bir kadın, iki kızıyla birlikte kaçırılmıştı. Kadın ile büyük kızının günleri sayılıydı, ama üç yaşındaki küçük kızın kaderinde kurtulmak vardı, annesiyle ablasının kaybından sonra babasına yaşadığı bu korkunç acıyı unutturacak ve onun hayata inanmaya devam etmesini sağlayacaktı. Baba, iyi biriydi, trajik anlar yaşamış olsa da (nedenini kimse bilmiyordu, Tanrı'nın işine akıl ermezdi) bu acıyı unutmayı başaracaktı. Küçük kız aldığı bu darbeyi unutmadan büyüyecek ve yirmi yaşına gelince yaşadığı bu acının deneyimiyle başkalarının acılarını dindirmeye başlayacaktı. Onun hayır işleri, bütün dünyada duyulacaktı.

Başta düşünülen buydu. Her şey de yolunda gidiyordu. Polis üç kişiyi kaçıranların saklandığı yere girdi, ateş açtı, o gün alnında yazılı olanlar öldüler. Tam o sırada küçük kızın koruyucu meleği –Berta, üç yaşındaki bütün çocuklar gibi onun da koruyucu bir melekle bağlantıda olduğunu biliyordu– kıza bir işaret verdi, duvara doğru gerilemesini istedi. Ama küçük kız işareti anlamadı, meleğin ne söylediğini duymak için ona doğru ilerledi.

Öldürücü kurşunu yemesi için otuz santim ilerlemesi yetti. O dakikadan sonra hikâye başka bir yön aldı. Güzel bir kurtuluş hikâyesine dönüşecek şey, soluk soluğa yürütülen bir çatışma oldu. İşin içine şeytan da girdi, nefretle, öç alma arzusuyla dolan ama elinden bir şey gelmeyen babanın ruhunu istedi. Melekler buna razı olmak istemediler. O iyi bir adamdı, dünyada pek çok şeyi değiştirecek olan kızına yardım etmek üzere seçilmişti, mesleği buna pek uygun düşmese de.

Ancak meleklerin ricalarına kulaklarını tıkadı baba. Ve şeytan yavaş yavaş onun ruhunu eline geçirdi, sonunda neredeyse tam anlamıyla sahip oldu.

"Neredeyse mi?" dedi Berta. "Neredeyse, dediniz..."

Evet neredeyse, çünkü küçücük bir umut ışığı kalmıştı geriye, çünkü meleklerden biri pes etmek istemiyordu. Hiç kimsenin dikkatini çekmemiş olan bir melekti bu, bir gece önce Chantal Prym sayesinde sesini biraz duyurabilmişti.

"İşte bunun için buradayım," dedi Chantal'ın büyükannesi. Eğer birinin yardımı dokunacaksa bu kendi torunu olacaktı. Ama savaş her zamankinden daha şiddetliydi; Yabancı'nın şeytanı meleğini alt etmek üzereydi.

İki konuğun sinirleri iyice gerilmişe benziyordu, Berta onları yatıştırmaya çabaladı. Kendisinin aksine, ölü oldukları için onların bir şeyden korkmalarına gerek yoktu. Her şeyi değiştirmesi için neden onlar Chantal'a yardım edemiyorlardı?

Şu sırada Chantal'ın şeytanı üstünlük sağlamak üzere, diye yanıtladılar onu. Daha önce ormanda büyükannesi torununun yanına o lanetli kurdu yollamıştı, gerçekten vardı böyle bir kurt, demirci doğru söylemişti. Büyükanne, Yabancı'nın içindeki İyi'yi uyandırmak istemiş ve bunu başarmıştı da. Ama belli ki Chantal ile Yabancı arasındaki konuşma bir sonuca varmamıştı. Her ikisinin de kişilikleri güçlüydü. Son bir olasılık kalmıştı geriye: genç kadının, görmesini istedikleri şeyi en sonunda görmesi. Ya da –onun zaten gördüğünü bildikleri için– genç kadının, gördüğünün ne olduğunu anlaması.

"Neyi anlaması?" diye sordu Berta.

Ziyaretçileri bunu ona söyleyemezlerdi. Yaşayanlarla olan bağlantının da bir sınırı vardı, bazı şeytanlar ne konuşulduğuna kulak kabartıyorlardı, eğer planı önceden öğrenirlerse her şeyi mahvedebilirlerdi. Ama plan çok basitti, Chantal büyükannesinin iddia ettiği gibi becerikli biriyse her şeyi kontrolü altına alabilirdi.

Berta daha fazla ısrar etmedi. Sırları dinlemeye pek meraklı olsa da hayatına mal olabilecek bir bilgiyi öğrenmek istemezdi. Yine de açıklanması gereken bir şey vardı; kocasına döndü:

"Sen bana yıllar yılı bu sandalyede oturup Kötü köyümüze gelebilir, diye buraya göz kulak olmamı söylemiştin. Bu dediğin, o küçük kızın meleği hatalı bir işaret vermeden ve küçük kız öldürülmeden çok önceydi. Nasıl oldu bu?"

Kocası, Kötü'nün öyle ya da böyle Bescos'a geleceğini söyledi; çünkü Kötü, dünya üzerinde sürekli dolaşır, insanları hazırlıksız yakalamayı severdi.

"Bu dediğin pek inandırıcı değil."

Berta'nın kocası da pek ikna olmuş değildi, ama gerçek buydu. İyi ile Kötü arasındaki mücadele her insanın yüreğinde vardır, dedi, orası bütün meleklerin ve şeytanların savaş alanıdır; binlerce yıldır insanların yüreklerinde, biri ötekini tümüyle yok edinceye kadar her karış toprak için savaşagelmişlerdir. Kendisi çoktandır ruhani katlara çıkmış olsa da bilmediği pek çok şey vardı; dünyada olduğundan çok daha fazla.

"Bu biraz daha inandırıcı. Siz hiç tasalanmayın. Öleceksem, saatim geldiği için ölürüm ben."

Gördüğünü doğru anlaması için Chantal'a yardımcı olmaları gerektiğini bahane eden büyükanne ile Berta'nın kocası oradan ayrıldılar. Berta, kocasını pek bırakmak istemedi, onu yanındaki kadından kıskanıyordu, çünkü büyükanne bir zamanlar Bescos'un en beğenilen kadınlarından biriydi. Öte yandan Berta kocasının kendisine göz kulak olduğunu ve daha uzun süre hayatta kalmasının, kocasının en büyük dileği olduğunu da biliyordu.

Dışarıdaki o iki kadına bakarken bu vadide biraz daha zaman geçirmesinin her şeye rağmen çabaya değer olduğunu düşündü, dağların manzarasını seyretmek, kadınlar ile erkekler, ağaçlar ile rüzgârlar, melekler ile şeytanlar arasındaki bitip tükenmeyen çatışmayı izlemek hiç fena olmayacaktı.

Alandaki toplantı dağılmadan Berta uyuklamaya başlamıştı bile. Chantal'ın ruhlarla konuşma yeteneği olmasa da Berta, onun eninde sonunda kendisine verilen mesajı anlayacağına emindi.

Uyumadan önce, "Yarın örgüme mutlaka bir başka renkle devam etmeliyim," diye düşündü.

19

"Kilisede, Tanrı'nın evindeyken bir kurban gerektiğinden söz ettim," dedi rahip. "Burada, dünyevi toprak üzerinde sizden şehitliğe hazır olmanızı istiyorum."

Bir tek sokak lambasından yayılan cılız ışığın aydınlattığı (belediye başkanı seçimler sırasında bir sürü vaatte bulunmuş, ancak paraları bir taneden fazla lambaya yetmemişti) küçük alan tıka basa doluydu. Yorgun yüzlü çiftçiler ile çobanlar –çünkü güneşle yatıp güneşle kalkmaya alışkındılar– saygı ve korku dolu bir suskunluk içinde bekliyorlardı. Rahip, herkesin kendisini görebilmesi için çarmıhın yanına koyduğu iskemlenin üzerine çıktı.

"Kilise, yüzyıllardır haksız mücadeleler yürütmekle suçlandı, aslında amacı tehlikelerden korunmaktı."

"Biz buraya kilise hakkında nutuk dinlemeye gelmedik, peder," diye seslendi biri. "Biz Bescos'ta neler olduğunu öğrenmek istiyoruz."

"Bescos'un, tarlalarınız ve hayvanlarınızla birlikte haritadan silinmek tehlikesiyle karşı karşıya olduğunu size söylememe gerek yok. Ben buraya kilise hakkında konuşmaya da gelmedim, ama söylemem gereken bir şey var: Ancak kurban vererek ve kefaret ödeyerek kurtulabiliriz. Sözümü kesmeyin de dinleyin: Ben aramızdan birinin kurban edilmesinden, herkesin kefaret ödemesinden ve köyümüzün kurtulmasından söz ediyorum."

"Rahibin yalan söylemediği ne malum?" diye bağırdı kalabalıktan biri.

"Yarın Yabancı bize altınları gösterecek," dedi belediye başkanı halinden hoşnut bir tavırla, çünkü rahipten daha çok şey biliyordu. "Chantal Prym, sorumluluğu tek başına üstlenmek istemiyor, otelin sahibesi de altın külçelerini getirmesi için Yabancı'yı ikna etmiş. Bize güvence vermeden hiçbir şey yapmayız."

Bundan sonra belediye başkanı köyde yapacağı değişikliklerden söz etmeye koyuldu, çocuk parkı yapılacak, vergiler düşürülecek, altınlar halka paylaştırılacaktı.

"Eşit dağıtılmalı," dedi kalabalıktan biri.

Belediye başkanı pek istemese de oradakilerle uzlaşmak zorundaydı. Herkesin gözü onun üzerindeydi.

"Eşit olarak," diye onayladı rahip, belediye başkanı daha ağzını açamadan. Başka seçenekleri yoktu. Ya herkes sorumluluğu paylaşacak ve sonunda ödülü bölüşecekti ya da eninde sonunda içlerinden biri işlenen suçu ihbar edecekti; kıskançlıktan ya da öç almak için. Belediye başkanına bu sözcüklerin ikisi de yabancı değildi.

"Kim ölecek?"

Belediye başkanı Berta'nın nasıl seçildiğini açıkladı. Kocası ölmüştü, Berta onu çok özlüyordu, arkadaşı yoktu, üstelik yaşlıydı da, bunamış sayılırdı, sabahtan akşama kadar boş boş evinin önünde oturuyordu. Bescos'ta bir arazi almak ya da koyun beslemek yerine bütün birikimlerini kentteki bankaya yatırmıştı; Berta'nın parasından olsa olsa gezgin satıcılar yararlanıyordu.

Kalabalıktan bir tek itiraz bile yükselmedi. Belediye başkanı durumdan hoşnuttu. Otoritesi sarsılmamıştı. Rahip ise kalabalığın susmasının iyiye de kötüye de işaret edebileceğini biliyordu, çünkü susmak mutlaka onaylamak anlamına gelmezdi, çoğu kez ânında tepki verme konusundaki yetersizliğin kanıtıydı. Belki de içlerinden biri aynı görüşte değildi, öneriyi ses çıkarmadan kabul eder, hemen arkasından pişmanlık duyabilirdi. Bunun da sonuçları pek ağır olabilirdi.

"Herkes hemfikir olmalı," dedi rahip. "Aynı görüşte olup olmadığınızı yüksek sesle söylemenizi istiyorum, böylece Tanrı söylediğinizi duyabilir ve cesur kullara sahip olduğunu bilir. Tanrı'ya inanmasanız bile düşüncenizi yüksek sesle söylemenizi istiyorum, herkes yanındakinin ne düşündüğünü bilsin."

Rahibin "istiyoruz" ya da "belediye başkanı istiyor" yerine "istiyorum" demesi belediye başkanının pek hoşuna gitmemişti. Bu olay sona erdiğinde otoritesini yeniden kurardı nasıl olsa, ama şimdi iyi bir politikacı olarak meydanı rahibe bırakıyor ve boyunun ölçüsünü almasını umuyordu.

"Onayladığınızı duymak istiyorum."

İlk "evet" diyen demirci oldu. Cesaretini kanıtlamak isteyen belediye başkanı da yüksek sesle "evet" dedi. Alanda toplanmış olan erkekler teker teker onaylarını bildirdiler; sonunda herkes üzerine düşeni yaptı.

Bazıları evlerine çabucak dönebilmek için evet demişlerdi; bazıları altınları ve Bescos'tan olabildiğinde çabuk nasıl kaçabileceklerini düşünmüşlerdi; bazıları da çocukları uzak kentlerde arkadaşlarının karşısında mahcup olmasın, diye onlara para göndermeyi tasarlıyorlardı. Oradakilerden hiçbiri, Bescos'un eski parlak günlerine bu altın sayesinde yeniden geri dönebileceğine inanmıyordu; hep hak etmiş ama hiçbir zaman elde edememiş oldukları paraya sahip olmak istiyorlardı sadece.

Hiçbiri "hayır" deme cesaretini gösteremedi.

"Köyümüzde yüz sekiz kadın ve yüz yetmiş üç erkek yaşıyor," diye devam etti rahip. "Her erkeğin en azından bir silahı var, ne de olsa köyün geleneği herkesin avlanmayı öğrenmesini şart koşuyor. Yarın hepiniz silahlarınızı, içinde bir tek kurşun olmak üzere kiliseye getireceksiniz. Evinde birkaç silah bulunan belediye başkanımızdan benim için de bir silah getirmesini rica edeceğim."

"Silahlarımızı asla başkasının eline vermeyiz," diye bağırdı bir ormancı. "Silahlarımız kutsaldır, bize aittir, ne yapacağı da bilinmez."

"İzin verin de sözümü tamamlayayım. Bir idam mangasının nasıl işlediğini size anlatayım: Ölüm mahkûmuna ateş etmeleri için yedi asker seçilir. Askerlere yedi silah verilir, bunlardan altısında gerçek kurşun vardır; birinde ise talim fişeği. Onun içindeki barut da ötekilerde olduğu gibi patlar, çıkardığı ses de aynıdır, ama kurbanın bedenine ateş ederken o silahın içinden kurşun çıkmaz. Hangi silahta talim fişeği olduğunu askerlerden hiçbiri bilmez. Her biri kendi silahında talim fişeği olduğuna ve tanımadıkları ama öldürmek zorunda oldukları mahkûmun ölümünden ötekilerin sorumlu olduğuna inanır."

"Hepsi kendini suçsuz sanır," dedi o dakikaya kadar ağzını açmamış olan arazi sahibi.

"Evet. Yarın seksen yedi tüfekteki kurşunları çıkaracağım, ötekilerde ise gerçek barut kalacak. Hepiniz aynı anda ateş edecek, ama hiçbiriniz hangi silahlarda mermi bulunduğunu, hangilerinde bulunmadığını bilemeyeceksiniz. Böylece hepiniz masum olduğunuza inanabilirsiniz."

Yorgun erkekler, rahibin önerisini rahat bir soluk alarak kabul ettiler. Hepsi de taze bir güce kavuşmuşçasına omuzlarını dikleştirdiler, sanki birdenbire bu hikâye trajik boyutunu yitirmişti de herkes yalnızca gizli bir hazinenin peşindeydi. Her biri kendini bütün sorumluluklarından arınmış hissediyor, aynı zamanda, yaşadıkları köyü ve ortamı değiştirmek konusunda arkadaşlarıyla dayanışma içinde olduğunu düşünüyordu; ne de olsa Bescos, beklenmedik ve önemli şeylerin yaşanabileceği bir yerdi.

"Kendi açımdan ben hiçbir şeyi rastlantıya bırakmak istemiyorum. Benim silahım mutlaka dolu olacak. Altından alacağım paydan da vazgeçiyorum. Bunu başka nedenlerden dolayı yapıyorum."

Rahibin söyledikleri, yine hoşuna gitmedi belediye başkanının. Liderlik nitelikleri taşıyan cesur bir adam olduğunu, gönlü bol ve her türlü fedakârlığa hazır olduğunu Bescos'lulara hissettirmek istiyor gibiydi. Belediye başkanının karısı orada olsaydı, rahibin belediye başkanlığına göz dikmiş olduğunu söylerdi.

"Pazartesiye kadar bekleyelim bakalım," diye düşündü belediye başkanı. Rahibe Bescos'ta hayatı zehir etmek için elinden geleni yapacaktı.

"Ya kurban?" diye sordu demirci.

"Orada olacak," dedi rahip. "Ben onunla ilgilenirim. Ama bana yardımcı olacak üç kişiye ihtiyacım var."

Hiç kimse gönüllü olmayınca rahip oradakilerin arasından üç tane güçlü kuvvetli adam seçti. Bunlardan bir tanesi geri çekilmek istediyse de arkadaşları ona sertçe bakınca suspus oldu.

"Bu iş nerede yapılacak?" diye sordu arazi sahibi, sorusunu rahibe yöneltmişti. Otoritesinin kaybolmakta olduğunu gören belediye başkanı hemen araya girdi:

"Buna ben karar veririm," diye azarladı arazi sahibini. "Bescos'un toprakları kanla kirlenmemeli. Kurban töreni, yarın bu saatte Keltlerden kalan menhirler yanında yapılacak. Silahı nereye doğrulttuğunuzu iyice görebilmeniz ve ıskalamamanız için yanınızda el feneri, fener ve meşale getirin."

Rahip iskemleden indi. Toplantı sona ermişti, sinir

bozucu bu akşamdan sonra herkes evine gitmekte acele ediyordu. Belediye başkanı karısıyla buluştu, karısı ona Berta'ya yaptığı ziyaretten ve onun korkusundan söz etti. Otel sahibesiyle bu konuyu görüştüklerini, Berta'nın bir şey bilmediğinden emin olduklarını anlattı. Suçluluk duygusu yüzünden böyle düşündük herhalde, dedi. "Lanetli kurt" filan gibi hayaletler olmadığını da sözlerine ekledi.

Rahip kiliseye geri döndü ve sabaha kadar dua etti.

20

Chantal kahvaltıda bir gün öncesinin ekmeğiyle yetinmek zorunda kaldı, pazar günleri ekmek servisi yoktu. Pencereden bakınca evlerinden çıkan Bescos'luları gördü, hepsinin elinde birer silah vardı. Ölmeye hazırlandı, kendisinin seçilmiş olması olasılığı vardı elbette. Ama gelip kapısını çalan olmadı, Chantal'ın evinin önünden geçip kiliseye gittiler, çıktıklarında herkesin eli boştu.

Merakla otele koştu, patronu ona bir gece önce olanları anlattı: Kurbanın seçiminden, rahibin önerisinden, kurban töreni için yapılan hazırlıklardan söz etti. Kadının sesindeki düşmanca ton silinmiş gitmişti, sanki her şey Chantal'ın lehine dönüyor gibiydi.

"Söylemek istediğim bir şey daha var. Senin Bescoslular için neler yaptığının bir gün farkına varacaklar."

"Ama Yabancı'nın altınları teslim edeceğine inanıyor musunuz?" diye sordu Chantal.

"Hiç kuşkum yok. Az önce boş bir sırt çantasıyla dışarı çıktı."

Chantal ormanda gezintiye çıkmaktan vazgeçti; çıksaydı Berta'nın evinin önünden geçmek zorunda kalacaktı, oysa artık o kadının gözlerinin içine bakacak cesareti yoktu. Odasına döndü ve bir gece önce gördüğü rüyayı düşündü.

Bir gece önce tuhaf bir rüya görmüştü. Bir melek kendisine on bir tane altın külçesi uzatmış ve bunları alıkoymasını istemişti.

Chantal meleğe, altınları alıkoyabilmem için birisinin öldürülmesi gerekir, demişti. Melekse böyle bir şeye gerek olmadığını söylemişti. Tam tersine bu külçeler, altının var olmadığını kanıtlıyorlardı. Bu nedenle Chantal otelin sahibesinden Yabancı'yla konuşmasını rica etmişti. Bir planı vardı. Ama yaşamındaki bütün mücadelelerden yenik çıktığı için bu planı uygulayabileceğinden de hiç emin değildi.

21

Dağların arkasında batan güneşi seyreden Berta, rahip ile üç adamın eve doğru geldiğini gördü. Bir hüzün çöktü üzerine, üç nedeni vardı bunun: Birincisi, ölme zamanının geldiğini anlamıştı; ikincisi, kocası tenezzül edip kendisini avutmaya gelmemişti (belki karısının kendisine söyleyebileceği şeyden korktuğundan, belki de onu kurtaramayacağından duyduğu utanç yüzünden), üçüncüsü de, biriktirdiği parayı kendi harcamayıp şimdi bankacıların eline bırakacak olduğundan.

Yine de kendisini sevindiren iki şey vardı: Şu anda zamanını belki de Chantal Prym'in büyükannesiyle geçirmekte olan kocasını yeniden görecekti; ve yaşamının son günü serin ama güneşli ve bulutsuz geçmişti. Böyle güzel bir anıyla dünyadan ayrılmak herkese nasip olmazdı.

Rahip, Berta'nın yanına yaklaştı.

"Tünaydın," dedi Berta ona. "Bakın yüce Tanrı'nın işine, şu doğa ne kadar güzel. Beni alıp götüreceksiniz ama ben bütün hatalarımı burada bırakacağım."

"Cennetin ne kadar güzel olduğundan haberiniz yok," dedi rahip, ama Berta, sözlerinin tam yerini bulduğunu ve rahibin serinkanlılığını korumak için kendisiyle mücadele ettiğini fark etti.

"Güzel olup olmadığını bilmiyorum, hatta var olup olmadığını bile bilmiyorum. Siz hiç gittiniz mi oraya?"

"Henüz gitmedim. Ama cehennem dışarıdan bakınca çekici görünse de onun korkunç olduğunu biliyorum."

Berta onun Bescos'tan söz ettiğini anladı.

"Yanılıyorsunuz peder. Siz cennetteydiniz ama bunun farkında değildiniz. Dünyada pek çok insan da böyledir. Mutlu olmayı hak etmediklerini sanarak en büyük sevinci bulabilecekleri yerlerde keder ararlar."

"Öyle görünüyor ki, burada geçirdiğiniz yıllar sizi bilge biri yapmış."

"Eskiden kimse yanıma gelip benimle konuşmazdı, şimdi birden herkes benim varlığımı keşfetti. Bir düşünün, dün akşam otel sahibesinin ve belediye başkanının karısı beni ziyaretleriyle onurlandırdılar. Bugün de sayın rahibimiz geldiler. Birdenbire önemli biri mi oldum ben?"

"Hem de nasıl!" dedi rahip. "Köyün en önemli insanı oldun!"

"Mirasa mı kondum?"

"On külçe altın. Kadınlar, erkekler ve çocuklar, gelecek bütün kuşaklar adına sana minnettar olacaklar; kim bilir belki de senin adına bir anıt dikerler."

"Çeşme yaparlarsa daha makbule geçer. Hem meydanı süsler hem yolcuların susuzluğunu giderir."

"O zaman çeşme yaparız. Sözüm söz."

Berta bu oyuna bir son verme zamanının geldiğini düşünerek asıl konuya girdi:

"Ben her şeyi biliyorum, peder. Kendini savunamayacak durumda olan bir kadını mahkûm ediyorsunuz. Size de, bu köye de, burada yaşayan herkese de lanet olsun!"

"Evet, ben lanetleneyim," diye ona katıldı rahip. "Yirmi yıldır bu köyü kutsamaya çalıştım, ama kimse beni dinlemedi. Yine yirmi yıldır insanların yüreklerine iyilik tohumları serpmeye çabaladım, sonunda Tanrı'nın beni kendinin sol kolu olarak seçtiğini, insanlara Kötü'yü göstermemi istediğini anladım, çünkü onların elinden kötülük gelir. Belki de öyle bir korkarlar ki nedamet getirirler."

Mümkün olsa ağlardı Berta, ama kendini tuttu.

"Bu güzel ama boş laflarla gaddarlığınızı ve haksızlığınızı mazur göstermeye çalışıyorsunuz."

"Ben bu işi para için yapmıyorum. Bu altının da tıpkı bu köy gibi lanetli olduğunu biliyorum, hiç kimseye şans getirmeyeceğini de. Daha doğrusu: Tanrı bunu emretti, dualarımı duydu."

"Tartışmak anlamsız," diye düşündü Berta, rahip elini cebine sokup birkaç hap çıkarırken.

"Hiçbir şey hissetmeyeceksiniz," dedi rahip.

"Ben hayatta olduğum sürece evime ne siz ne de bu köyden bir başkası adım atabilir. Belki bugün, gecenin bitiminde kapım açık olabilir, ama şimdi değil."

Rahip adamlardan birine işaret etti, adam elinde bir plastik şişeyle geldi.

"Bu hapları yutun. Böylece önümüzdeki birkaç saat uyursunuz. Uyandığınızda cennette, kocanızın yanında olacaksınız."

"Ben hep kocamın yanındaydım. Ben asla uyku hapı kullanmadım, hiç uyuyamadığım zaman bile."

"Daha iyi. Böylece hemen etkisini gösterir."

Güneş batmış, vadinin, kilisenin, köyün üstüne karanlık inmişti.

"Ya yutmazsam?"

"Öyle ya da böyle yutacaksınız."

Berta, rahibe eşlik eden adamlara bakınca rahibin doğruyu söylemiş olduğunu anladı. Hapları aldı, ağzına attı ve şişedeki suyu içip bitirdi. Su, tatsız, kokusuz, renksiz bir şeydi ama yine de dünyadaki en önemli şeydi. Tıpkı şu anda Berta'nın olduğu gibi.

Artık iyice karanlığa gömülmüş olan dağlara son bir kez baktı Berta. Gökyüzünde beliren ilk yıldızı seyretti, iyi bir hayat yaşamış olduğunu düşündü: Sevdiği bir yerde dünyaya gelmişti, orada da ölecekti, burası her zaman ona cömert davranmış olmasa da; daha ne isterdi ki? Sevip de karşılığında sevilmeyi beklerseniz boşa zaman harcamış olursunuz.

Tanrı'nın şanslı kulu olmuştu Berta. Başka bir yer görmemişti, ama Bescos'un başka yerlerden pek de farklı olmadığını biliyordu. Sevdiği adamı yitirmişti ama Tanrı ona, kocasını ölümünden sonra da yanında hissetme fırsatını vermişti. Bescos bozulmadan önce yaşamıştı orada, tümüyle mahvolmadan da ayrılıp gidecekti. İnsanları hatalarıyla ve sevaplarıyla tanımıştı ve şimdi başına gelen onca şeye karşın, sonunda insanın içindeki İyi'nin galip geleceğine inanıyordu.

Rahibe acıyordu, belediye başkanına, Chantal Prym'e, Yabancı'ya, Bescos'ta yaşayan herkese de; Kötü asla İyi'yi ortaya çıkarmıyordu, herkes buna sıkı sıkıya inansa da. Gerçeği keşfettiklerinde çok geç olacaktı. Hayatında bir tek şeyden pişmanlık duymuştu Berta: Denizi hiç görememiş olmaktan. Denizin var olduğunu biliyordu, çok büyük olduğunu, hem vahşi hem durgun olduğunu; ama asla gidememişti denize, tuzlu suyundan tadamamış, çıplak ayaklarının altında kumları hissedememişti, Büyük Ana'nın rahmine dalar gibi (Keltlerin bu terimi kullandıklarını hatırladı) hiç denize dalmamıştı.

Bunun dışında bir şikâyeti yoktu. Bu biçimde gitmek zorunda kaldığı için üzgündü, hem de çok üzgün, ama kendini bir kurban olarak görmek istemiyordu. Mutlaka kendisini bu role Tanrı uygun görmüştü; bu rol, rahibe biçtiği rolden çok daha iyiydi.

"İyi ile Kötü konusunda bir şey daha söyleyeyim," dediğini duydu rahibin, o arada ellerinde ve ayaklarında bir uyuşma başlamıştı.

"Gerek yok. Siz, İyi'yi bilmiyorsunuz. Size yapılan Kötülük'ten zehirlendiniz; şimdi de bu salgın hastalığı köyümüze bulaştırıyorsunuz. Köyümüze gelen ve şimdi buranın mahvına neden olan Yabancı'dan hiçbir farkınız yok."

Ağzından çıkan bu son sözleri duymadı bile Berta. Gökteki yıldıza baktı, sonra gözlerini kapadı.

22

Yabancı, oteldeki odasında banyoya girdi, altın külçelerini birer birer ve özenle yıkadı, sonra hepsini teker teker eski, yıpranmış sırt çantasına yerleştirdi. İki gündür sahnede yoktu, ama şimdi oyunun son perdesinde yeniden ortaya çıkıyordu.

Her şeyi en ince noktasına kadar planlamıştı: Az nüfuslu o izbe köyün seçilmesinden işbirliği yapacağı kişiye kadar; kimse kendisini cinayete teşvikle suçlamasın diye işler kötüye giderse, suçu bu işbirlikçinin üzerine yıkabilirdi. Kullandığı teyp, koyduğu ödül, attığı temkinli adımlar; ilk aşamada köy halkıyla dostluk kurması, ikinci aşamada halk arasında korku ve karmaşa yaratması; Tanrı kendisine ne yaptıysa şimdi o başkalarına yapacaktı. Tanrı kendisine nasıl önce İyi'yi verip sonra uçurumun dibine ittiyse kendisi de şimdi başkalarına aynı oyunu oynayacaktı.

En küçük ayrıntılara bile dikkat etmişti, bir şey dışında: Planının işleyeceğini hiçbir zaman olası görmemişti. En kritik anda önerisine "hayır" denmesinin hikâyenin akışını değiştireceğinden yola çıkmıştı. İçlerinden biri mutlaka olaya bulaşmak istemeyecekti ve her şeyin yitirilmemesi için bu bir tek kişi yeterli olacaktı. Bir kişi köyü kurtarırsa dünya da kurtulmuş olacaktı, yine umut var demekti, İyi üstün geliyor demekti; teröristler nasıl bir kötülük yaptıklarını bilmemiş olacaklardı; bütün acıların hüzünlü birer anı olacağı bağışlanma günü gelecek demekti ve Yabancı bununla yaşamayı öğrenecek, mutluluğu yeniden arayabilecekti. Seve seve duyacağı bu "hayır" karşılığında köylüler altını alacaklardı, Yabancı'nın genç kadınla giriştiği bahis bunu etkilemeyecekti.

Ama planı başarısızlıkla sonuçlanmıştı. Artık çok geçti, geri dönüş yoktu.

Biri kapıyı tıklattı.

"Artık gitmeliyiz," diyen otel sahibesinin sesini duydu. "Vakit geldi."

"Hemen aşağı iniyorum."

Ceketini giyip aşağı, bara indi.

"Altınlar yanımda," dedi. "Ama yanlış anlamaların önüne geçmek için, bilmenizi isterim ki bulunduğum yeri bilenler var. Başka bir kurban seçtiğiniz takdirde polis gelip beni burada arayacaktır. Kaç tane telefon görüşmesi yaptığımı gördünüz."

Otel sahibesi, evet anlamında başını sallamakla yetindi.

23

Keltlerden kalma menhir, köyden yürüyerek yarım saatlik uzaklıktaydı. İnsanlar yüzyıllardır o menhiri, yağmurun ve karın cilaladığı, yıldırım çarpmış, kocaman bir taş olarak görmüşlerdi. O taş, açık havada doğal bir masa yerine geçtiği için Ahab yaşlılar meclisini orada toplardı.

Günün birinde hükümet oraya Keltlerden kalan izleri araştırması için bir ekip gönderince ekiptekilerden biri anıtın farkına vardı. Bunun üzerine oraya öbek öbek arkeologlar geldi, ölçtüler, biçtiler, hesaplar yaptılar, tartıştılar, kazdılar ve bir zamanlar Keltlerin orayı ayin ya da sunak yeri olarak kullandıkları sonucuna vardılar, ancak orada ne tür ritüellerin uygulandığı konusu açıklığa kavuşmadı. Bazıları orada bir astronomi gözlem yeri bulunduğunu ileri sürdü, bazıları da –rahipler ile bakireler arasında– doğurganlık törenleri yapılmış olduğunu söyledi. Biliminsanları bir hafta boyunca tartıştıktan sonra, buluntular üzerinde görüş birliğine varamadan, daha ilginç bir konuya geçtiler.

Belediye başkanı, bu göreve seçildiğinde turizmi canlandırmaya çalışmıştı, bunun için de yerel bir gazeteyi Bescos'taki Kelt mirası üzerine bir röportaj yapmaya ikna etmişti. Ama anıta giden patikalar yürünecek gibi değildi, yola çıkmayı göze alan birkaç serüvenci sonunda yalnızca devrilmiş bir taş buldu, oysa vadideki başka köylerde heykeller, yazıtlar ve başka ilginç şeyler sergileniyordu. Turistler için tasarlanan gösteriden sonuç çıkmadı ve çok geçmeden menhir yeniden eski işlevine döndü; Bescos'lular orayı hafta sonlarında piknik yeri olarak kullandılar.

Öğleden sonra Bescos'taki pek çok evde hararetli tartışmalar oldu, hem de hep aynı nedenden. Kocalar yalnız gitmek istiyor, karılarıysa "kurban töreni"nde –Bescos' lular işleyecekleri suça bu adı takmıştı– hazır bulunmak istiyorlardı. Erkekler, bu işin tehlikeli olduğunu, ateşli silahlara güvenilemeyeceğini söylüyorlarsa da karıları pes etmiyor, dünyanın değiştiğine gözlerini yuman erkeklere, lanet olası benciller, diyor; kadınların haklarına mutlak saygı göstermelerini istiyorlardı. Sonunda kocalar yelkenleri suya indirdiler.

Kalabalık ağır adımlarla ve sallana sallana ormana doğru yola koyuldu, ellerinde gemici feneri ya da el feneri olan iki yüz seksen bir insandan oluşmuş bir ışık zinciri – Yabancı da dahildi bu sayıya, ama derme çatma bir sedyeye uzanmış uyuyan Berta değildi. Her erkek elinde silahını taşıyordu, yanlışlıkla ateş almasın, diye de parmağını tetikten uzak tutuyordu.

Berta'nın yattığı sedyeyi taşıyan iki oduncu yükün ağırlığı altında inliyorlardı. "İyi ki bu yükü geri taşımak zorunda değiliz!" diye düşündü biri. "Bedenine saplanacak onca kurşunla mutlaka üç kat daha ağırlaşırdı." Adam midesinin bulandığını hissetti. Pazartesi gününden başka bir şey düşünmemeliydi.

Yol boyunca konuşan olmadı. Kimse birbirinin gözünün içine bakmıyordu, olabildiğince çabuk unutmak istedikleri bir karabasandaymış gibiydiler. Yorgunluktan çok, yaşadıkları gerginlik yüzünden soluk soluğa kalarak

Keltlerden kalma menhirin bulunduğu düzlüğe vardıklarında taşın çevresinde ellerindeki ışıklarıyla büyük bir yarım daire oluşturdular.

Belediye başkanının işareti üzerine Berta'nın bağlarını çözen oduncular onu taşın üzerine yatırdılar.

"Böyle olmaz," dedi demirci, askerlerin yerde süründüğü savaş filmleri gelmişti aklına. "Yatan birini vurmak çok güçtür."

Bunun üzerine oduncular Berta'yı indirdiler, sırtını taşa dayayarak ayağa diktiler. En uygun duruş bu olmalıydı. Ama tam o anda bir kadının hıçkırdığı duyuldu.

"Bize bakıyor," diyordu kadın, "yaptığımızı seyrediyor."

Elbette ki bir şey gördüğü yoktu Berta'nın ama dudaklarında bir gülümsemeyle orada uyuyan, az sonra sayısız mermiyle delik deşik edilecek olan ve melek gibi masum görünen o zavallı kadını seyretmek dayanılır gibi değildi.

"Sırtını bize döndürün," diye seslendi belediye başkanı, o da katlanamamıştı kadını seyretmeye.

Oduncular söylene söylene bir kez daha menhirin yanına gittiler ve Berta'yı ters çevirdiler, Berta artık yere çömelmiş, yüzüyle göğsünü taşa dayamış durumdaydı. Onu bu konumda tutmak olanaksız olduğundan bileklerine ip bağlamaları, ipi taşa dolamaları ve öbür tarafa sıkıca tutturmaları gerekti.

Berta'nın duruşu şimdi gerçekten tuhaf olmuştu: Sırtını onlara dönüp yere diz çökmüş bir kadın, kollarını dua etmek ya da bir şey dilenmek istercesine taşın üzerinden arkaya uzatmış. Kalabalığın içinde homurdanan biri daha olduysa da belediye başkanı, artık bu işi bitirmenin zamanının geldiğini söyledi.

Ne kadar çabuk olursa o kadar iyiydi. Tartışmanın ya da kendilerini haklı çıkarmanın sırası değildi, bunları ertesi gün de yapabilirlerdi, barda, sokaklarda, tarlalarda... Yaşlı kadının kendi kendine konuşarak oturup dağları seyrettiği kapının önünden geçebilecek kadar yürekli olamayacaklarını biliyorlardı, ama köyün iki girişi daha vardı; ayrıca bir de doğrudan anayola çıkan basamaklı bir küçük patika.

"Haydi gelin şu işi çabucak bitirelim," diye önerdi belediye başkanı, rahip artık konuşmadığı ve böylelikle kendisi de otoritesinin yeniden yerine geldiğini gördüğü için keyifliydi. "Işıklar vadiden görülebilir, burada neler olup bittiğini merak edebilirler. Haydi silahlarınızı doğrultup ateş edin, sonra da gidelim buradan."

Seremonisiz. Köylerini savunan iyi askerler gibi görevlerini yerine getirerek. Tereddüt etmeden. Emir emirdi ve uyulacaktı.

İşte o anda belediye başkanı, rahibin suskunluğunun ne anlama geldiğini ve bir tuzağa düşürülmüş olduğunu anlayıverdi. Bu hikâye günün birinde duyulacak olursa herkes savaş suçlularının ağızlarına doladıkları şeyi söyleyecekti: Biz yalnızca görevimizi yaptık. Bu insanların yüreklerinde ne vardı şu anda acaba? Kendisini bir serseri olarak mı görüyorlardı, yoksa bir kurtarıcı olarak mı?

Zaaf göstermemeliydi, hele şimdi hiç; silahlar doğrultulur, tetikler ateşe hazırlanırken. Belediye başkanı yüz yetmiş üç tüfeğin sesini hayal etti, arkasından da kendisinin talimat vermiş olduğu gibi, söndürülmüş fenerler ve lambalarla, herkesin telaşla köye dönmesini. Köylüler yolu avuçlarının içi gibi bilirdi, komşu köylerin dikkatini üzerlerine çekmekten kaçınmalıydılar.

Kadınlar içgüdüsel olarak geri çekildiler, erkekler de yaklaşık elli metre kadar uzaktan Berta'nın hareketsiz bedenine nişan aldılar. İsabet ettireceklerdi, çünkü hepsi, küçük yaşlardan beri hareket halindeki hayvanlara ateş etmeyi öğrenmişlerdi.

Belediye başkanı tam ateş emri verecekti ki, bir kadın sesi duyuldu: "Bir dakika!"

Bağıran Chantal Prym'di.

"Ya altın? Altını gördünüz mü?"

Silahlar aşağı indirildi, ama parmaklar tetikteydi. Hayır, altını gören olmamıştı. Herkes gözlerini Yabancı'ya çevirdi.

Yabancı ağır adımlarla öne çıktı, silahların önüne kadar geldi. Sırt çantasını yere bıraktı, içindeki altın külçelerini birer birer çıkardı.

"İşte burada," dedikten sonra yarım dairenin bir ucundaki yerine döndü.

Chantal Prym altın külçelerinin durduğu yere gitti, birini eline aldı.

"Bu, altın," diye onayladı. "Ama ben sizin bunu tanıtlamanızı istiyorum. Dokuz kadın buraya gelsin ve yerde duran öteki dokuz külçeyi incelesin."

Kadınların ateş hattına girmelerinden kaygılanan belediye başkanı bir kaza olmasından korkup onları engellemek istedi, ama dokuz kadın –aralarında kendi karısı da vardı– Chantal Prym'in çağrısına uyup külçeleri dikkatle incelediler.

"Evet, bu altın," diye onayladı belediye başkanının karısı, altını elinde tartıyor, sahip olduğu pek az sayıdaki takıyla kıyaslıyordu. "Üzerinde hükümetin damgası var, bir seri numarası var, döküldüğü tarih de var, ağırlığı da yazılı. Kandırılmıyoruz."

"Yerinize dönmeden önce beni iyi dinleyin."

"Şimdi konferansın sırası değil, küçükhanım," dedi belediye başkanı. "Kenara çekilin, görevimizi yerine getirmeliyiz."

"Kapat çeneni, budala adam!"

Chantal'ın bu haykırışı herkesi irkiltti. Bescos'ta böyle sözcükler duyacaklarını hiç kimse düşünde bile görmemişti.

"Aklınızı mı kaçırdınız?"

"Çenenizi kapatın!" diye daha yüksek sesle bağırdı Chantal. Baştan ayağa titriyor, gözlerinden nefret fışkırıyordu. "Aklını kaçıran sizsiniz, bizi bu hükmü vermeye zorlayan ve ölüme götüren bu tuzağa düşüren de siz! Çok sorumsuzsunuz!"

Belediye başkanı, Chantal'ın üzerine yürüdüyse de iki adam onun önüne geçti.

"Bu genç hanımın bize ne söyleyeceğini duymak istiyorum," diye seslendi kalabalıktan biri. "On dakika geç kalmamızın hiç önemi yok."

Oysa on –hatta beş– dakikanın bile önemi vardı ve bunu herkes –kadınlar da erkekler de– biliyordu.

Bu sahneyi seyrettikçe korkuları artacaktı, suçluluk duyguları da; kendilerinden daha çok utanacaklardı. Bütün yol boyunca, hepsi, ellerindeki silahın kurusıkı doldurulduğuna ve her şeyi olabildiğince çabuk geride bırakmanın önemli olduğuna kendilerini inandırmışlardı, şimdi, ellerinden gelse bir bahane bulup vazgeçerlerdi. Artık hem silahlarının gerçek kurşunla dolu olmasından korkuyorlardı, hem de o –cadı olduğu söylenen– yaşlı kadının hayaletinin geceleri kendilerini rahatsız etmesinden.

Ya biri çenesini tutmazsa? Ya rahip verdiği sözden cayarsa, ya oradaki herkes suçlanırsa?

"Beş dakika," dedi belediye başkanı, sanki hâlâ sözü geçermiş gibi, oysa artık genç kadının kuralları geçerliydi.

"Ne kadar uygun görürsem o kadar konuşacağım," dedi Chantal, kendini toparlamıştı. Bir tek geri adım bile atmayacaktı. Kendisine bile yabancı gelen bir otoriteyle konuşuyordu şimdi. "Ama sözü uzatmayacağım. Burada olanları izlemek zaten oldukça şaşırtıcı; bir düşünsenize, Ahab'ın zamanında, ellerinde kurşunu altına dönüştüren bir toz olduğunu iddia eden adamlar gelmiş buraya.

Bu adamlar 'simyacı' olduklarını söylüyorlarmış; Ahab ölümle tehdit ettiğinde bu adamlardan hiç değilse bir tanesi iddiasını kanıtlamış.

Şimdi siz de aynını yapmak üzeresiniz. Kurşunla kanı karıştırmak istiyorsunuz, çünkü bu karışımın şu anda elinizde tutmakta olduğunuz altına dönüşeceğine eminsiniz. Bir bakıma haklısınız. Öte yandan elinize bu kadar çabuk geçirdiğiniz altın, aynı hızla parmaklarınızın arasından akıp gidecektir."

Yabancı, genç kadının ne demek istediğini anlamasa da içinden Chantal'ın konuşmaya devam etmesini diliyordu, çünkü ruhunun karanlık bir köşesinde o solgun ışığın yeniden parlamaya başladığını sezmişti.

"Hepimiz okulda Kral Midas'ın şu ünlü öyküsünü dinlemiştik; bu öyküde Midas bir tanrıyla karşılaşır ve bu tanrı onun her isteğini yerine getirir. Midas zaten zengindir ama daha da zengin olmak ister. Bu yüzden, dokunduğu her şeyin altına dönüşmesini diler tanrıdan.

Neler olduğunu hatırlatayım size: Midas önce eşyalarını altına dönüştürdü, sonra sarayını ve çevresindeki her şeyi. Bir gün sabahtan öğlene kadar çalışıp her yanı altından bir bahçeye sahip oldu, altından ağaçlara, altından merdivenlere. Öğlen olduğunda karnının acıktığını hissetti ve yemek yemek istedi. Ama hizmetkârlarının hazırlamış olduğu lezzetli koyun budunu eline aldığında but da altına dönüşüverdi. Şarap kadehini eline aldı, ama o da altın oluverdi. Çaresizlik içinde karısının yanına koşup ondan yardım istedi, çünkü bir hata işlemiş olduğunu anlamıştı artık. Karısının koluna dokunur dokunmaz o da altın kesildi.

Kendilerinin başına da aynı şeyin gelmesinden korkan hizmetkârlar saraydan kaçtılar. Bir hafta geçmeden dört bir yanı altınla çevrilmiş olan Midas açlıktan ve susuzluktan ölmüştü bile."

"Bize bu öyküyü neden anlatıyorsunuz?" diye sordu belediye başkanının karısı, elindeki altın külçesini hemen yere bırakıp kocasının yanına gitmişti. "Yoksa Bescos'a bir tanrı geldi de bize bu yeteneği mi verdi?"

"Bu öyküyü anlatmamın basit bir nedeni var: Altının kendi başına bir değeri yoktur. Hem de hiç. Onu ne yiyebiliriz ne içebiliriz ne de onunla hayvan ya da toprak satın alabiliriz. Değeri olan şey nakit paradır. Söyleyin bana, bu altını nasıl paraya çevirebiliriz?

İki şey yapabiliriz: Demirciden, bu külçeleri eritmesini isteyebiliriz, iki yüz seksen eşit parçaya böleriz ve herkes kente gidip altını paraya çevirebilir. Böyle bir şey yetkililerin dikkatini çeker hemen. Çünkü bu vadide altın bulunmaz. Soru soracaklardır, biz de onlara Keltlere ait bir hazine bulduğumuzu söyleyebiliriz. Kısa bir inceleme, bu altının yakın zamanda eritildiğini ortaya çıkarır, burada daha önce kazılar yapıldığı, Keltlerin bu miktarlarda altına sahip olmadıkları anlaşılır; sahip olsalardı burada kocaman, görkemli bir kent kurarlardı zaten."

"Siz cahil bir gençsiniz," dedi arazi sahibi. "Külçeleri olduğu gibi bırakmalıyız, üzerlerindeki hükümet damgasıyla filan. Bankaya gider, altını paraya çevirir ve aramızda bölüşürüz."

"Bu da ikinci çözüm. Belediye başkanı külçeleri alır, bankaya gider ve karşılığında kendisine para verilmesini ister. Bankadaki veznedar hiçbir soru sormaz; oysa biz gidip bir külçe altın bozdurmak istesek sorar. Belediye başkanı saygın bir insan olduğu için veznedar ondan yalnızca altının satın alma belgesini ister. Belediye başkanı ona bu belgeye sahip olmadığını söyler, ama –az önce karısının da söylediği gibi– işte hükümetin damgası burada der ve gerçek bu damga. İşte seri numarası.

Bu arada, altını bize vermiş olan adam çoktan uzaklaşmıştır buradan. Veznedar biraz zaman ister, çünkü belediye başkanını tanımasına ve onun dürüst bir insan olduğunu bilmesine karşın bu kadar para ödemek için izin alması gerekmektedir. Altının nereden geldiğini sormaya başlayacaktır insanlar. Belediye başkanı altını bir yabancının hediye ettiğini anlatacaktır. Ne de olsa belediye başkanımız zeki biridir ve her şeye bir yanıt bulur. Bunun üzerine veznedar, banka şubesinin müdürüyle konuşacak ve müdür de güvensizlik duymasa bile merkezi arayacaktır. Merkezde belediye başkanını tanıyan yoktur, yüklü miktardaki ödemeleri yaparken gözlerini dört açarlar. Altının kaynağının belirlenebilmesi için belediye başkanından iki gün beklemesini isterler. Ne bulabilirler? Bu altının çalıntı olarak kayıtlara geçtiğini. Ya da uyuşturucu tacirleriyle ilişkisi olduğu tahmin edilen birileri tarafından satın alınmış olduğunu."

Chantal sustu. Kendine ayrılan altını gömüldüğü yerden almayı denediği ilk gün duyduğu korku, şimdi herkesin korkusuydu. Bir insanın öyküsü bütün insanlığın da öyküsüdür hep.

"Çünkü bu altının seri numarası var. Üzerinde tarih de var; bu altın kolaylıkla teşhis edilebilir."

Herkes gözlerini, kıpırdamadan bir kenarda durmakta olan Yabancı'ya çevirdi.

"Ona sormanın yararı yok," dedi Chantal. "Onun gerçeği söylediğine inanmaktan başka çaremiz yok, ama başkalarından suç işlemelerini isteyen birine nasıl güvenebiliriz?"

"Altını paraya çevirinceye kadar onu burada alıkoyabiliriz," diye atıldı demirci.

Yabancı, otelin sahibesine bakıp başını sessizce iki yana salladı.

"Onun kılına bile dokunamayız. Herhalde nüfuzlu dostları var. Benim yanımda birkaç kişiye telefon etti, bilet ayırttı. Ortadan kaybolursa kaçırıldığını anlarlar ve onu aramak üzere Bescos'a gelirler," dedi otelin sahibesi.

Chantal elindeki altını yere bıraktı ve ateş hattının dışına çıktı. Öteki kadınlar da onu izlediler.

"İsterseniz şimdi ateş edebilirsiniz. Ama ben bunun Yabancı'nın tuzağı olduğunu biliyorum, bu yüzden bu suça karışmak istemiyorum."

"Bir şey bildiğiniz yok sizin," dedi arazi sahibi.

"Eğer sözlerimde haklıysam belediye başkanı çok geçmeden hapse atılır ve insanlar onun bu altını kimden çaldığını öğrenmek için Bescos'a akın eder. Birinin bunu onlara açıklaması gerekecek. Bu açıklayan ben olmayacağım.

Ama çenemi tutacağıma söz veririm. Neler olduğunu bilmediğimi söylemekle yetinirim. Hem belediye başkanı tanıdığımız biri; Bescos'tan çekip gidecek Yabancı'dan farklı o. Belki de bütün suçu üzerine alır, Bescos'a gelen ve burada bir hafta kalan birini soyduğunu söyler. Hepimiz ona kahraman gözüyle bakarız, işlenen suç asla ortaya çıkmaz ve biz de öyle ya da böyle hayatımıza devam ederiz, ama altın olmadan."

"Ben size güvence veriyorum," dedi belediye başkanı, bu çılgının sözünü kimsenin dinlemeyeceğine güvenerek.

Yine de az sonra yere çevrilen ilk silahın sesi duyuldu.

"Bana güvenin," diye bağırdı belediye başkanı, "ben bu riske giriyorum."

Yanıt, bir başka silahın daha namlusunun yere çevrilmesi oldu, sonra bir başkası, bir başkası daha, sonunda hemen hemen bütün namlular indirildi. Politikacılara inanılabilir mi? Yalnızca belediye başkanıyla rahip silahlarını hâlâ indirmemişlerdi; biri Chantal Prym'in üstüne çevriliydi, öteki Berta'nın. Ama az önce yaşlı kadının bedenine kaç tane kurşun saplanacağını hesaplamış olan oduncu, o ikisinin ellerinden silahlarını çekip aldı.

Chantal Prym haklıydı. Başkalarına inanmak her zaman riskliydi. Sanki birden herkes bunun farkına varmış gibi kalabalık dağılmaya başladı.

Yaşlılar önde, gençler arkada ağır ağır yamaçtan aşağı inmeye başladılar, gündelik yaşamlarına döndüler: havanın nasıl olduğu, kırkılması gereken koyunlar, sürülmesi gereken tarlalar, yakında başlayacak olan av mevsimi. Hiçbir şey olmamıştı, çünkü Bescos Tanrı'nın unuttuğu bir yerdi, günler birbirinin aynı geçerdi orada.

Bu hafta sonunun bir düş olduğunu düşündü herkes.

Ya da bir karabasan.

24

Düzlükte iki fener ile üç kişiden başkası kalmamıştı, bunlardan biri bir taşa bağlı olarak uyuyordu.

"İşte bu altın köyünüzün," dedi Yabancı. "Şimdi ne altınım kaldı ne de aradığım yanıtı buldum."

"Köyün altını mı? Yo, benim. Altını paraya çevirebilmem için benimle geleceksiniz. Sözünüze güvenmiyorum."

"Söylediğiniz şeyi yapmayacağımı biliyorsunuz. Aslında siz beni değil kendinizi hor görüyorsunuz. Olan bitenler için minnet duymalısınız. Ben size altını gösterdiğimde zengin olma fırsatından çok daha fazla şey sunmuştum aslında. Sizi harekete geçmeye, oturduğunuz yerde halinizden yakınmamaya zorlamıştım. Sizi sorumluluk almaya zorlamıştım."

"Ne kadar yüce gönüllüsünüz," dedi Chantal, alaycı bir sesle, sonra devam etti: "Sizi gördüğüm ilk anda bile insan doğası hakkında bir şeyler söyleyebilirdim isteseydim. Bescos yok olmaktadır belki, ama parlak ve bilgelik dolu bir geçmişe sahiptir. Eğer aklıma gelseydi, aradığınız yanıtı size verebilirdim."

Chantal bağlarını çözmek için Berta'nın yanına gidince kadının alnının sıyrılmış olduğunu gördü. Pek kötü bir sıyrık değildi, herhalde başı taşa konulduğu sırada olmuştu. Ancak ertesi sabah Berta ayılana kadar burada beklemek zorundaydılar.

"Beni yanıtlayabilir misiniz?" diye sordu Yabancı.

"Size herhalde Aziz Savinus ile Ahab'ın karşılaşmasını anlatmışlardır," dedi Chantal.

"Elbette. Aziz gelmiş, Ahab'la biraz konuşmuş, sonunda Ahab inancını değiştirmiş; çünkü Aziz'in cesaretinin kendisininkinden fazla olduğunu görmüş."

"Doğru. Ancak Ahab, Savinus'la karşılaştığı andan beri, hançerini bilemiş; ama bu, Savinus'u yatıp uyumaktan alıkoyamamış. Bütün dünyanın kendisi gibi düşündüğünü sanan Ahab, Savinus'a şu soruyu sormuş:

'Kentin en güzel orospusu şimdi şu kapıdan içeri girse, onun güzel ya da baştan çıkarıcı olmadığını düşünmek gelir mi elinizden?'

'Hayır. Ama kendimi tutmak gelir,' demiş Aziz.

'Ya dağlardan inip bize katılmanız için çok altın vaat etsem, bu altına taşmış gibi bakmak gelir mi elinizden?'

'Hayır. Ama kendimi tutmak gelir.'

'Peki, ya yanınıza iki kardeş gelse ve bunlardan biri sizden nefret etse, ötekiyse sizin bir aziz olduğunuzu görse, her ikisine eşit davranmayı başarabilir misiniz?'

'Bana acı verse de kendimi tutmayı ve her ikisine eşit davranmayı başarabilirim.'"

Chantal bir süre sustuktan sonra devam etti:

"Bu konuşmanın çok önemli olduğu ve Ahab'ı inancını değiştirmeye ikna ettiği söylenir."

Chantal'ın öyküyü daha fazla açıklamasına gerek yoktu. Savinus ile Ahab'ın benzer eğilimleri vardı; İyi ile Kötü, o iki adamı ele geçirmek için savaşmışlardı, dünyadaki bütün insanlar için savaştıkları gibi. Ahab, Savinus'un kendisine benzediğini anladığında kendisinin de ona benzediğini anlamıştı.

Her şey bir özdenetim sorunuydu. Ve insanın nasıl bir karar vereceği sorunu.

Başka bir şey değil.

25

Chantal, vadiye, dağlara, çocukken içinde gezindiği ormanlara son bir kez göz gezdirdi; berrak suların, taze toplanmış sebzelerin, yörenin en iyi üzümlerinden üretilen ve Bescos'luların kıskançlıkla kendilerine sakladığı şarabın –ne turistler için hazırlanırdı o şarap ne de ihracat için– tadına baktı içinden.

Berta'yla vedalaşmak üzere geri dönmüştü. Kente yaptığı kısa yolculuk sırasında zengin bir kadına dönüştüğünü kimse anlamasın diye sırtına her zamanki giysilerini geçirmişti. Yabancı her şeyle ilgilenmiş, altını ona devretmek için gerekli belgeleri imzalamış, altının satılmasını ve karşılığında alınan paranın Chantal Prym adına açılan yeni hesaba geçirilmesini sağlamıştı. Bankadaki veznedar, bu tür bir işlem için mutlaka sorulması gereken soruları sormakla yetinmişti, ama Chantal onun ne düşündüğünü adı gibi biliyordu: "Bu genç kadın bu yaşlı adamın metresi. Yatakta onu çok memnun ediyor olmalı ki bunca parayı elinden alabilmiş."

Yolda köyden birkaç kişiyle karşılaşmıştı. Köyden ayrılacağını hiçbiri bilmiyordu, hepsi de hiçbir şey olmamış, şeytan köye hiç uğramamış gibi selam verdiler ona.

Chantal da onların selamına karşılık verdi ve bugünün herhangi bir günden farkı yokmuş gibi davrandı.

Kendisiyle ilgili olarak keşfettiği şeylerin kendisini ne kadar değiştirdiğini henüz bilmiyordu. Ama bunun zamanı vardı. Berta evinin önünde oturuyordu. Artık Kötülük'e karşı uyanık olmak için değil, yapacak başka işi olmadığından oturuyordu orada.

"Benim adıma bir çeşme yapacaklar," dedi Berta. "Susmamın bedeli bu. Bu çeşmenin çok uzun ömürlü olmayacağını ve pek az kişinin susuzluğunu gidereceğini biliyorum; çünkü Bescos öyle ya da böyle ortadan kalkacak; buraya gelen şeytan yüzünden değil, içinde bulunduğumuz çağ yüzünden."

Chantal çeşmenin nasıl bir şey olacağını sordu. Berta çeşmenin güneş biçiminde olmasını düşünmüştü, çeşmeden akan su bir kurbağanın ağzına dökülecekti. Güneş, Berta'yı, kurbağa da rahibi temsil edecekti.

"Ben sizlerin ışığa duyduğunuz susuzluğu gidereceğim," demişti belediye başkanına, "bu yüzden de çeşmenin ömrü ne kadarsa benimki de o kadar olacak."

Belediye başkanı çeşmenin maliyetini çok yüksek bulmuştu, ama Berta onu dinlememişti. Başkanın başka seçeneği yoktu. Çalışmalar gelecek hafta başlayacaktı.

"Sana öğütlediğim şeyi sonunda yapacaksın, yavrum. Yanılmadığımdan emin olarak sana şunu söyleyebilirim: Yaşam, kısa ya da uzun sürebilir; bu onu nasıl yaşadığımıza bağlı."

Chantal gülümsedi, Berta'yı kucakladı ve Bescos'u bir daha dönmemek üzere terk etti. Yaşlı kadının hakkı vardı: Uzun bir yaşam sürmeyi umut ediyor olsa da yitirecek zamanı yoktu.

22 Ocak 2000, saat: 23.58